ベリーズ文庫

最愛宣言

～クールな社長はウブな秘書を愛しすぎている～

綾瀬真雪

STARTS
スターツ出版株式会社

目次

冷酷社長の不機嫌

——余計なことは一切しなくていい。

初めて挨拶に訪れた私が一番に投げつけられた言葉が、それだった。

「……はあ」

呆気《あっけ》に取られる私を一瞥《いちべつ》することもなく、高速でタイピングしながら続ける。

「君にお願いしたいのは来客対応だけだ。あとはこちらから指示する。余計な気は回すな」

はい、お茶汲《く》みだけしてろってことね。

気を取り直した私は心の中で毒づきながら、目の前の人物を観察する。

ワックスで整えられた黒髪から覗《のぞ》く目は切れ長で、すっと通った鼻筋に続くのは薄い唇。上質なスーツをまとった身体は服の上から見ても引き締まっている。怜悧《れいり》さを感じさせるその姿は全てが綺麗《きれい》に整っていて、無駄がない。

そんな恵まれた容姿にもかかわらず、全くときめかないのは、醸し出すオーラが威圧的かつ不機嫌すぎるからだろう。

もったいない。これでもうちょっと愛想がよければ完璧なのに。

「私の担当は神崎《かんざき》を指名したはずだが？」

「神崎室長の一番の仕事はあくまで秘書室全体の管理ですので。サポートはいたしますが、社長ひとりにつきっきりになることはできないということで、私に指名が回って参りました」

「そんなに優秀なのか？　見たところ、そう経験豊富でもなさそうだが」

その通り、今年二十七歳になる私は秘書経験でいえばまだ三年のぺーぺーだ。神崎室長の足元にも及ばない。

「スキルでいえば普通かと」

「ではなぜ君に？」

「一番打たれ強いからだそうです。冷たくあしらわれようが理不尽に詰《なじ》られようが、君なら耐えられそうだから、と」

タイピングの手が止まって、パソコンの画面から顔を上げてこちらを向いた。ようやく正面から顔を拝めたのに、そこに浮かぶのはなんとも言えない渋い表情だ。もったいない。

「俺は鬼か？」

「神崎室長の認識ではそのようです」

はあ、とため息をつくと、背もたれに寄りかかってお腹の前で長い指を組む。

「理不尽に扱うつもりはないが、正直に言えば、秘書というものにいい感情は抱いていない。煩《わずら》わしい思いはごめんだ」

今回の社長は秘書嫌い、正確に言えば女の秘書が大嫌いというのは、室長から前もって釘《くぎ》を刺されていた。なんでも以前についていた人がふたり続けて、玉の輿《こし》狙い丸わかりのあからさまなアプローチをしてきたらしい。ふたりともすぐクビになったそうだけど。

「承知しております」

「ならいいが。……まあ、これからよろしく頼む。もう下がっていい」

手を振って私を追いやると、一瞬にして仕事の世界に戻っていく。私は心の中でため息をつきながら、社長室をあとにした。

明日から正式に私のボスになるこの男の名前は、上條東吾《かみじょうとうご》。日本でも有数の企業集団、上條グループの創業家の次男坊……いわゆる御曹司だ。

元々上條グループは明治時代に海運業から始まって、重化学工業を軸に不動産から食品、保険などあらゆる分野に発展した。今ではそれぞれ独立して、上條家は主要企業である上條ケミカルホールディングスの経営のみに携わっているけれど、グループ内での立ち位置は、やはりほかとは一線を画すらしい。その上條家の御曹司ということは、つまりはものすごいお坊ちゃまだ。

日本最難関の大学を卒業したあと、上條製薬で営業を経験し、留学してMBAを取得。帰国後は上條ケミカル本社で常務を務めたあと、その子会社である、わが三星《みつぼし》シンセティックの社長に就任、と、実に華々しい経歴を持っている。それに加えてあの整った容姿、御年三十二歳で独身。女性が群がるのも仕方がない。それでも浮いた噂《うわさ》を聞かないのは、ひとえにあの冷たいオーラのせいだろう。

クールと言えば聞こえはいいが、実際に間近で見たら、冷たさで凍えてしまいそうだ。あんな男の恋人とか絶対イヤ。

デスクに戻ると、待ってましたとばかりに隣のデスクにいる後輩の橘《たちばな》茉奈《まな》が話しかけてきた。

「どうでした？　噂通り？」

「噂そのまま。雪男も真っ青の冷徹ぶり」

「じゃなくて～。顔ですよ、顔。那田翔平《なだしょうへい》にそっくりでした？」

「まあ似てたことは似てたけど」

茉奈ちゃんが今人気絶好調の俳優の名を口にする。顔の造作は似てるけど、那田翔平はもっと穏やかな感じだ。あんなブリザードは発してない。

上條社長はメディアの類《たぐい》がお好きではないらしく、写真などは一切流通していない。グループにいれば名前や噂は聞くけれど、実際にお目にかかる機会などほとんどないので、みんなその姿を見たくて仕方ないのだ。

ほんとですかぁ、と茉奈ちゃんの黄色い声が飛ぶ。

「いいなあ先輩、そんな人の担当できるなんて」

「じゃあ替わってよ」

「いやいや、私じゃ力不足なので。里香《りか》さんは室長が直々にご指名ですし」

社長はルックスがいいだけじゃなく、仕事はできるけど周りの人間にも一切妥協を許さない厳しい人間だ、というのは有名な話だ。しかも、室長から私に言い放たれたあの指名理由は、秘書室の人間みんなが知っている。みんな遠巻きには見ていたいけど、担当になるのは絶対ごめんだ、と思っているに違いない。

掌《てのひら》を返すように私の提案を断り、自分の仕事に戻った茉奈ちゃんに呆《あき》れつつ、私も自分のデスクの荷物の最終確認をする。

秘書のデスクは基本的にはこの秘書室にあるのだけど、社長秘書だけは例外で社長室の隣にあるため、明日からの業務に備えて私もお引っ越ししなければならない。

よいしょ、と荷物の入った段ボールを持ち上げると、すぐにふわっと軽くなった。

見上げると、私よりも頭半分高いところに神崎室長の柔和な顔があって、代わりに持ってくれていた。理知的だけど温和さを感じさせる、見ようによっては女性的ともいえる優しい顔立ちが、にこっと笑う。

「手伝いましょう」

スタスタと歩き始める室長の後ろを、細々《こまごま》とした荷物が入った紙袋を持って慌てて追いかける。

「ありがとうございます。すみません、持たせてしまって」

「いえいえ。このくらいは軽いものですよ」

線が細く見える室長だけど、全く重さを感じさせない。やっぱり男の人だなと思う。

「どうでしたか、社長へのご挨拶は」

私が隣に追いつくと、室長が尋ねてきた。

神崎室長は上條ケミカルで社長秘書を務めたあと、まだ秘書制度が整っていなかったわが社の秘書室を確立するためにやってきた、いわば秘書のエリートだ。

まだ三十五歳と若いのにいろんなことに精通していて、みんなから尊敬されている。

その物腰の柔らかさとは裏腹に、話す言葉ははっきりとしていて、たまに直球すぎてぐさっと心に刺さったりするけれど、部下の話には真摯に耳を傾けてくれるので、相談もしやすい。

　隣を歩きながら、口から愚痴がこぼれ出る。

「挨拶は無事終わりましたが、全く信頼されていないのが丸わかりで」

「初めて会うんだから、当たり前ですよ。信頼は今から勝ち取るものです」

「いつか信頼していただけるでしょうか？　努力はしますが、私の能力なんか、たかが知れてますし……」

　社長に言われた通り、経験豊富というわけではない。

　入社した年は総務部で、そのあと秘書室に配属になって三年、自分なりに必死で頑張って、やっと秘書の仕事をひと通り覚えたところだ。優秀すぎる社長の仕事についていけるか、自信がないのが本音。

「私に務まるのか、今から不安でいっぱいです」

　そんな私の弱音を、室長は笑って聞いている。

「大丈夫ですよ、佐倉《さくら》さんの仕事ぶりをよく知っている私が指名したんですから」

「ですけど」

「あなたと社長の気性はよく似ています。きっとうまくやっていけるはず」

室長は上條家の現当主である社長のお父様の秘書を務めた関係で、社長自身のこともよく知っている。その室長が言うんだから、とは思うけれど、あのブリザードと同じ気性と言われても納得がいかない。どこが似てるんだと反論したくなる。

社長室のプレートが掲げられたドアを開くと、手前に私の持ち場となる受付スペースがあって、その奥に社長室に繋《つな》がる扉がある。室長はデスクに荷物を下ろすと、ぽん、と私の肩を叩《たた》いた。

「あなたと社長、いいコンビになると期待してますよ。頑張ってください」

……そうなる気は一切しませんけどね。

立ち去っていく後ろ姿を見送りながら、私はまた、心の中でため息をついた。


社長秘書についてから三か月。

来客用のお茶を用意し「失礼します」と声をかけてから社長室のドアを開けると、上條社長は町田《まちだ》化学の町田社長と応接セットで向かい合いながら談笑しているところだった。これまで私には一度も向けられたことのない穏やかな笑顔に内心驚きながら、お茶を出す。

「あれ、佐倉君。前田《まえだ》常務のところで顔を見ないと思ったら、社長の担当になったんだね」

「はい。この四月に配置換えがありまして」

「佐倉君は優秀だから。上條社長も仕事がはかどるでしょう」

「ええ。よくやってくれていますよ」

……何がよくやってくれてる、だ。

内心毒づきながら、表情はにこやかに保って、「恐れ入ります」と頭を下げた。町田社長は以前から私のことを買ってくれていて、よく冗談交じりで自分の秘書にならないかと誘ってくれたものだ。

「よく気がつくし、淹《い》れてくれたお茶は美味しいし。常務から聞いたけど、資料を作るのも上手なんでしょ?」

「……ええ。大変見やすいです」

この人は私の作った資料を見たことないから、そんな質問しても無駄ですよー。

少し言葉に詰まった上條社長を冷ややかな気持ちで一瞥してから、社長室をあとにする。デスクに座ると、またため息が漏れた。最近ため息が癖のようになっていて、一体いくつの幸せが逃げたのだろうかと思うと空恐ろしくなる。

三か月経って社長のやり方に少しは慣れてきたけれど、日々憂鬱になるばかりだ。

社長は最初の言葉通り、私の業務に対しては全て指示を出してきた。

この三か月、私がしてきたことといえば、来客時のお茶出しだったり、命じられたものの買い出しだったり、会議室の準備だったりと、誰でも問題なくこなせるような簡単な仕事ばかり。スケジュール管理や出張手配などの秘書の主たる仕事は、社長が全て自分でこなしてしまうのだ。ちょっとは役に立つかと資料なんぞ作ろうものなら、勝手なことをするなと言わんばかりの目で威嚇されて、目の前でメモ紙行きだった。

あれはさすがの私でもへこんだ。

指示を待つばかりの私とは反対に、社長は滅法忙しい。

就任したばかりということもあり、社内・外問わずそこら中飛び回っている。スケジュール自体は共通のシステムで確認できるのだけど、本当に分刻みで予定が入っていて、調整するだけでも至難の業なはずなのに、社長はそれをひとりで着々と消化していく。仕事ができる人だとは聞いていたけど、これほどだとは思わなかった。

埋まっていくスケジュールを眺めることしかできないまま、上司がこんなに働いているのに私は何をしているんだろうと自己嫌悪に陥る毎日。

町田社長をエントランスまで見送って、湯飲みを片付けるために社長室に戻る。

さっきまでの笑顔の欠片《かけら》も感じられない無表情で書類を読んでいる社長に、無駄だと思いながらも声をかけた。

「週明けの事業企画部との会議ですが、部屋の予約は……」

「もう済んだ」

ちくしょう。急に決まったことだったから、まだできてないと思ったのに。

「来月おいでになる岐阜工場視察の新幹線のチケットは」

「予約した」

「日曜日に接待予定の富木《とみき》医工の須賀《すが》社長ですが、二日後が誕生日ですので」

「竹馬《ちくば》酒造の酒を用意してある」

予想はしていたけど全て手配済みだった。

須賀社長の好みまで把握してるなんて、完璧すぎてぐうの音も出ない。

「ほかに何か?」

「……定時ですので帰宅させていただきます」

「お疲れさま」

最後まで書類から目を離すことさえしなかった社長に頭を下げて、社長室をあとにした。

私が考え付くことを、社長は一歩先に考えて全て自分で行ってしまう。上司の意向を汲んでどれだけ先回りして準備できるかが秘書の力の見せ所だとしたら、上條社長の前では私の能力値はゼロだ。何もさせてもらえない。こんな無力感は、秘書室に配属された時以来だ。いや、あの時はわからないなりになんとか頭を使って頑張れたけど、今はわかるのに何もできないのだから、あの時よりひどいかもしれない。

暗い気分で帰る準備をして役員フロアを出ると、休憩室の片隅にひっそり配置された喫煙所に、よく見知った後ろ姿が見えた。

ちょうどよかった。このまま帰っても沈んだ気分のままだし、こいつを道連れにして憂さ晴らしでもしよう。

「まーきー」

「おお、佐倉」

「ねえ今日暇でしょ？　ちょっと飲みに行こうよ」

「暇じゃねえよ、バカか」

ぶつぶつ文句を言いながら持っていた煙草を揉《も》み消す。

真木健一《まきけんいち》は私の同期で、よく飲みに行く仲なのだけど、ここ最近はご無沙汰になっていた。

「お前こそ、あの鬼優秀な社長サマの担当になったんだろ？　飲みに行ってる暇なんてねえんじゃねえの？」

「それが優秀すぎて私のやることがないのよ。愚痴らせてよ、仕事が終わるまで待つから」

「まあいいけど」

真木はよほどのことがない限り飲みの誘いは断らない。話が合うしノリも合うし、気を使わなくていいので、こいつと飲むのは楽しい。

真木の仕事が終わり次第いつもの居酒屋で落ち合うことにして、私は先に向かう。もう顔見知りになっている店長に日本酒とおつまみを注文して、ひとりで飲んでいると、さほど時間がかからずに真木もやってきた。

「お前、いつ見てもこの店で浮いてるよな」

自分もビールを注文しながら私の隣に座る。

「えー？」

「気取ったフレンチでワインでも飲んでそうな外面《そとづら》してんのに」

それは今までいろんな人に言われてきたことだ。どうやら私の見た目は〝派手〟の部類に入って、しかも庶民的なものよりは高級なものを好むように見えるらしい。男遊びも激しそうに見えるのか、入社した当初はしょっちゅう合コンに誘われた。自分でもキツイ顔立ちだな、とは思うけど、ふたりとしか付き合ったことがないのに、経験豊富だと思われるのは心底困る。

「そんな店、行きたくもないわ。気取ったお酒じゃ気持ちよく酔えないもん」

私のセリフに笑っている真木こそ、この場末の古臭い居酒屋には似合わない容貌をしていると思う。

さらっさらの明るい髪に涼しげな目元、王子様然とした顔にすらっとした長身。モテるのにいつも彼女募集中なのは、見た目と裏腹の口の悪さと単細胞な思考回路のせいだ、きっと。

真木のビールが運ばれて、改めて乾杯すると、それからはお互い好き勝手に注文して、ひたすら飲む。

私は結構飲めるほうだと自負しているけれど、真木も相当飲む。ほかの人と一緒に飲みに行っても相手に合わせてセーブしなければならなかったりするので、この辺も真木と一緒に飲むのが楽しい理由だ。

今日は私が愚痴らせてもらおうと誘ったのだけど、真木のほうも相当溜《た》まっていたようで、途中からはむしろ私が聞き役だった。真木の所属は研究開発部ライフケミカル課。主に医薬品の原薬、つまり薬の中の有効成分を開発している部署だ。原薬の販売を主としているうちの会社の中では中心的な部署なはずなのだけど、上層部が現在販売している製品に絶対的な自信を持っているせいで、立場が軽く見られがちだ。しかも、そこの課長と営業三課の課長が犬猿の仲というのは、社内では有名な話で。

「考え方が、みんながみんな古臭いんだよ。研究開発の意味知ってますか、って聞いてやりてえわ」

ぶつぶつ言いながら焼酎ロックの氷を揺らす。

「上が喧嘩《けんか》ばっかしてるからこっちの要望がさっぱり通らないんだよ。なんとかなんない？　社長秘書サマのお力で」

「なるわけないでしょ。今日の私の話聞いてたの？」

ちぇーっとガキっぽく口を尖《とが》らせてから、少し真面目な表情になる。

「俺さあ、実は転職も考えてんだよね」

「嘘っ？」

「ほんと。うちの会社、歴史はあるけどさ、どんどん業績悪くなってるじゃん。天下の上條ケミカルの資本だっていってもさ、いつ売却されるかもわかんないし」

「それはないんじゃない？　御曹司を社長に就任させたわけだし」

確かにうちの会社は年々業績が悪化して、昨年はついに赤字を出した。でも上條社長が就任したってことは、その業績悪化をなんとかして食い止めようとしているわけで、見捨てる方向とは逆だと思うんだけど。

「それなんだけどさあ」

真木は私をちらりと見ると、急に小さな声になって顔を近づけてくる。

「上條社長、父親に嫌われてるらしくてさ。体《てい》のいい厄介払いされたって噂」

「ええ？」

驚く私に真木はなおも続ける。

「上條社長……東吾社長の父親の真彦《まさひこ》社長は、長男の真人《まさと》さんに自分の跡を継がせたいわけよ。だけどほら、真人さんの評判っていまいちじゃん？」

真人さんは確か今三十八歳、東吾社長とは違って結婚していて子供もいたはずだ。上條ケミカルで常務職についているけど、能力についてはあまりいい話を聞かない。典型的なお坊ちゃん気質で、常務の肩書きも名前だけだともっぱらの噂だ。

「東吾社長に継がせたほうがいいんじゃないかって声もやっぱり出るわな。それでまずいと思った真彦社長が、うちの会社を東吾社長に押し付けて、業績悪化を理由にうちの会社ごと潰そうとしていると」

「それはどうかなあ」

寝耳に水の話で驚いたけど、あまり信憑性《しんぴょうせい》の感じられない話だとも思う。

「真彦社長、辣腕家《らつわんか》で有名だし、長男にこだわるなんて生産性のないことするかな？」

「でも今のうちの会社見てたらさ、そう簡単に業績回復しそうにないじゃん。そんな会社の社長に自分の息子を置くか？　普通」

「それは東吾社長の腕を信用して」

「うちの頭かったいプライドの権化どもは、若造が何を偉そうにってバカにしてるみたいだぜ」

確かに、うちの会社は歴史があるばかりに、旧態依然とした考え方の人間ばかりだ。そのせいで経営が傾き続けてるんだっていうのは、全若手社員の意見。

「まあ、ただの噂だから真相は知らないけどさ。そういう話があるってのも事実。……あー、めんどくせえ話ばっかでつまんねえ」

単細胞真木はすぐにいつもの合コンしたい病が現れて、「俺に潤いを」とか叫んでいる。それに適当に相槌を打ちながら、私は働き続ける社長の顔を思い浮かべた。厄介払いされた人間が、あんなに必死に働くとは思えないけどなあ。

まあ、ただの噂だって言ってるし。

私はすぐにそう納得して、その話は飲んでいるうちに忘れてしまった。
結局そのあと日付が変わるくらいまで飲んで、終電を逃してタクシーを拾う羽目になった。

翌朝、いくら酔わないとはいえ平日に飲みすぎたなと、若干の二日酔いで痛む頭を抱えながら出勤する。

朝一番の仕事は社長室の掃除だ。定期的に清掃業者が入るけれど、日々の掃除は私がやる。これは指示されたわけじゃなくて勝手にやっているのだけど、特に文句を言われたこともないので、〝余計なこと〟には含まれないらしい。

上條社長の朝は早い。私が出勤するとすでに在室していることもざらにあるのだけど、今日はまだのようだ。社長がいるとあまり時間をかけられないので、いない時はいつもより丁寧に掃除する。隅々までホコリを取って、細かい部分まで拭きあげて。ほかの業務では役立たずなので、できるところはしっかりとやっていきたい。

あらかた掃除を終えたところで社長が出勤してきた。今日はやけにゆっくりだなと思いながら挨拶をして退出しようとすると、椅子に座った社長から声がかかる。

「佐倉さん」

「はい？」

「悪いがお茶を淹れてくれないか？」

これまた珍しい頼み事だった。というか、来客時以外でお茶を頼まれたことなんて一度もない。初日に気を利かせたつもりで淹れていったら、そんなことはしなくていいと断られて以来だ。

驚きながらもすぐに秘書室にある給湯スペースに向かい、いつも以上に丁寧にお茶を淹れる。心がけているのはきっちり手順を守るということのみなのだけど、私が淹れるお茶は意外と評判がいい。

社長室に戻ると、すでにパソコンに向かい始めた社長が、ゴホゴホと咳《せき》込んでいるところだった。

「もしかして、お風邪ですか？」

湯飲みを置きながら様子を窺うと、心なしか顔色が悪い気がする。

「いや。少し喉が痛むだけだ。乾燥したんだろう」

暑くなり始めてからガンガン稼働しだした空調は、クールビズだのなんだのうるさく言っているわりには効きが良すぎる。確か秘書室の片隅に、冬の間使っていた加湿器が眠っているはず。

「よければ加湿器をお持ちして……」

「必要ない」

私の提案をばっさり拒否して、もう出ていけオーラを漂わせる。ああそうですかと早々に部屋を出ると、扉を閉める直前に、辛うじてありがとうのひと言はいただけた。

喉が痛む程度で収まればいいけど……。

私の心配を他所《よそ》に、その日も一日社長はバリバリ働いていた。私が退勤する時も特に変わりはなかったので、取り越し苦労だったかと胸を撫で下ろした、その翌日。

掃除を終えて本来の出勤時間になっても、社長は姿を現さない。今日は朝一で会議があったはずだ。いつも会議の日は早く出勤してくるのに、一体どうしたというのか。

会議開始のギリギリになっても来なかったら、さすがに連絡したほうがいいだろうか。ああでも社長のことだから、ほかの用事があって遅れてくるのかもしれないし、だとしたらまた余計なことって思われるかもしれないし……。

時計とにらめっこしてそわそわしながら待ち続け、会議開始の五分前、もう待てないと電話を取り上げたところでようやく扉が開いた。

「社長！」

思わず叫んで立ち上がった私を鬱陶しそうに一瞥する、その顔色が昨日よりさらに悪く見えて、隣に駆け寄る。そんな私を無視して社長室の扉に手をかけて開けようとした時に、社長の身体がぐらりと傾《かし》いだ。慌てて支えたその身体から感じる熱に、息を呑《の》む。

──熱い。

明らかに普通の熱さじゃない。昨日感じた不安が見事に的中したのだと、すぐに悟った。

社長はすぐに体勢を立て直すと、何事もなかったかのように部屋に入り、資料を手に取って出ていこうとする。

「会議に出席されるおつもりですか⁉」

「当たり前だろ」

「ですが、熱があるのでは」

「ない」

絶対嘘だ！

「きちんと測りましたか？　体温計をお持ちするので」

「ないって言ってるだろう」

「ですが」

「うるさい」

言い募る私をひと睨《にら》みして黙らせる。

「邪魔をするな。これは命令だ」

そう言い置いて、そのまま会議に行ってしまった。

呆然《ぼうぜん》とその姿を見送って、ひと呼吸置いて我に返ると、すぐに怒りが湧き起こる。

何あれ、あの横柄な言い方。心配してる人間に、うるさいってなんなのよ！

それでもすぐに気を取り直して、パソコンに向かう。怒っている場合じゃないのだ。

会議には行ってしまったけど、社長の体調によってはこの後の予定はキャンセルしないといけなくなる。

スケジュールを確認しながら、調整できるかどうか頭の中でシミュレーションする。幸い今日明日は社内の予定が多く、これはどうにでもできる。問題は夜のＮＴ化学社長との会食、あとは明日の午前にも社外で会合があるし……。

キャンセルの連絡は早ければ早いほうがいい。でも社長は休む気などさらさらなさそうで、自分ひとりの判断で動くのを躊躇《ちゅうちょ》した私は神崎室長に助けを求めた。幸い室長はすぐに捕まって、明日までの予定はキャンセルしろとの指示が出る。

「ちょうどいい、あの人は働きすぎなんです。体調がどうであれ、今日明日は休んでいただこう」

その意見は私も全く同感だ。三か月ほぼ休みなしで働いているし、いかに有能とはいえ、あの仕事量はどう考えてもキャパオーバーだ。そろそろきちんと休んでもらったほうがいい。

それから私は方々に電話をかけまくって、社長のスケジュールを調整した。すでに入っている予定にできるだけ影響が出ないように、時間をずらしたり入れ替えたり。パズルのようなその作業はとても頭を使うけど、久しぶりに秘書としての手腕を試されているようで、こんな時に不謹慎かもしれないけど、心が躍った。

なんとか調整の目途が立ったところで社長が会議から帰ってきた。顔色は変わらず、足元も少しふらついていて、社長室に入るなりどさりと椅子に座り込んだ。

私は用意した体温計をどん、と社長のデスクに置いた。社長はそれを見るなり嫌そうな顔をする。

「なんだ」

「体温計です」

「見ればわかる」

それは見ればわかるだろう。私が言いたいこともわかっているくせに、すっとぼけようとしているのが丸わかりだ。

「熱を測ってください」

「いらないと言っただろう」

体温計をつき返しながら、私を睨む。

「いらない、じゃないんですよ。測る必要があると申し上げているんです。測ってみて熱がなければそれでよし、あればすぐに病院へ」

「行く必要はない。しまえ」

「あーだこーだ言ってても埒《らち》が明かないでしょう、ささっと測ればいいんですよ。熱がないならそれでおしまい、一分で済みます。測らないなら私はずっとここで言い続けますからね」

頑なに拒否する社長の態度に丁寧に接するのが面倒になってきて、手荒に体温計を社長に押し付け返した。社長も反論するのに疲れたのか、しぶしぶという感じで熱を測り始める。計測音が鳴って社長がその表示を見た瞬間、ゲッという顔をして、すぐにケースにしまおうとするのをすかさず横から奪い取った。

「おいっ……」

――三十八度七分。高い。

「すぐに病院に行きましょう。車を回します、松原《まつばら》さんに連絡を……」

「いらんと言ってるだろう。平熱の範囲内だ」

電話をかけようと受話器に伸ばした私の手を妨害して、子供みたいなくだらない言い訳を口にする。

「そんなわけないでしょう、あなたヒトでしょうが！」

「すぐにまたミーティングだ。病院に行ってる暇などない」

「キャンセルしました。今日明日の予定は全て、明後日以降に振り替えてあります」

私の返答に社長が目をつり上げた。

「何？　誰がそんなこと指示した？」

「神崎室長に許可はいただいています」

「お前のボスはいつから神崎になった？」

「うるっさいな、あんたがいつになっても人のこと信用しないから悪いんでしょっ！」

言い合っている最中に私の理性がぷっちーんと切れた。これまで溜まりに溜まっていた不満が一気に爆発する。

「大体ね、人の使い方が下手くそすぎんのよ、あんた。他人ができる仕事は他人に振る、それがエグゼクティブの常識よね。今までの秘書がどんだけ使えなかったか知らないけど、あんたの使い方も間違ってたんじゃないの？　それを自分のことは棚に上げて、煩わしいのはごめんだなんてよく言えたもんね！」

いきなりの私の暴言に、社長は頭が付いてこないのか怒るでもなく唖然《あぜん》としている。

止めてくれないから私の暴言も止まらない。

「そんなふらふらしてるくせに仕事続けようなんてバカじゃないの？　病人は大人しくしてろ！」

社長の手から受話器を奪い返して、運転手の松原さんに電話をする。幸い神崎室長から連絡がいっていたようで、すでに裏に車が回っていたので、社長を病院に連れていくべく追い立てるようにして車に向かった。社長はまだ驚きから立ち直れないのか、反抗せずにされるがままだ。

下に向かう途中で神崎室長に出会った。半分私に引きずられている社長の姿を見て少し驚いたようだけど、すぐに微笑に変わる。

「説得に加勢しようと思っていたんですが、余計なお世話だったみたいですね」

「おい、こいつの本性がこんなのだって知ってたのか！」

我に返ったように文句を言う社長を、室長が軽くいなす。

「あなたみたいな仕事バカにはこのくらいの人じゃないとついていけないでしょう？」

おお、面と向かってバカって言った。さっきの自分を棚に上げて軽く驚く。

「そろそろ自分の限界を考えなさいと進言しようと思っていたところです。ほら見たことですか、やっぱり体調を崩したでしょう」

室長にお説教をくらって、社長が見事に不貞腐れている。まるでお兄ちゃんに叱られた弟みたいだ。旧知の仲なのは知っていたけど、こんな関係性だとは思わなかった。

室長は興味深くふたりのやり取りを観察していた私に目を向ける。

「佐倉さん、申し訳ないですが、病院まではなくて、部屋で休むまで付き添ってあげてくれませんか？」

「は？　部屋まで？」

「ええ」

病院までは連れていくけど、そのあとは会社に戻ろうと思っていた。部屋までってそれ、社長の家に上がり込めってこと？　それはちょっと、秘書の業務の範囲を超えてるっていうか、病人とはいえ男の人の家でふたりきりになるのは……。

「お前、何勝手に」

「黙りなさい。あなたは放っといたらどこにいても仕事をしだすでしょう。ちゃんと休むまで、見張りが必要です」

不満そうな社長をひと睨みして黙らせてから、私に向かってにっこり微笑む。

「お願いします、佐倉さん。こんなこと頼めるのはあなたしかいないんです。襲われそうになったら殴り倒して構わないので」

「誰が襲うか」

「手がかかる上司ですみません。お願いできますよね？」

嫌とは言わせない強固な笑みに、「はい」と頷《うなず》かざるを得なかった。

幸いただの過労で、充分な栄養と休養を取るように、という一般的な診断だった。

病院を出る頃にはさすがの社長も身体が辛いのか、それとも私の前では平静を装う必要などないと思ったのか、ぐったりとした様子だった。車に乗り込むと、すぐに座席にもたれかかって目を閉じる。足が長いせいで、そうやって身体を投げ出すととても窮屈そうだ。隣にいたほうが何かあった時に安心かと思って私も後ろに座ってしまったけど、助手席に座るべきだった。

診察中に買っておいたスポーツドリンクを差し出すと、ちらりと一瞥して無言で受け取る。一気に三分の一くらい飲み干してしまった。

運転席の松原さんが、社長に声をかける。この人は会社付きではなく社長本人に付いていて、上条家に直接雇われているらしい。

「本邸に向かいましょうか？　あそこなら医者もすぐに呼べますし……」

おおそうだ、この人は上条の御曹司なんだった。上条邸ならきっとお抱えのシェフもいるだろうし、栄養面は万全。それに私が監視する必要もなくなる……。

「つまらん冗談はやめろ。あんなところで寝てたら余計悪化する」

ナイスな提案だと思ったのに社長はすぐに却下してしまった。松原さんも、とりあえず聞いてみただけのようで、すぐに「かしこまりました」と車を出してしまう。どうやら予定通り、社長のひとり暮らしの部屋に向かうようだ。

「よろしいんですか？　本邸に行かれたほうが何かと便利なのでは」

諦めきれずに進言すると、社長は横目で私を見た。

「監視役なんて面倒な役押し付けられて残念だったな。帰りたいなら帰っていいぞ」

「いいえ。社長の体調管理も秘書の大事な務めですので」

「さすが優秀な秘書サマはご立派な心構えで」

皮肉を言いながらも息遣いがどんどん苦しそうなものに変わっていく。少しでもゆったり座ってもらおうとギリギリまで窓に寄った。

「社長、もう少しこちらに……って、ええっ」

空いたスペースをちらりと見やると、社長がいきなりこちらに倒れ込んできた。ふわりと掠《かす》めた柑橘《かんきつ》系の香りに、どきっとする。

「何をっ……」

「膝貸せ」

勝手に私の膝に頭を乗せて目を閉じる、その苦しそうな横顔を見たら文句を言えなかった。それでもあり得ない場所に社長の綺麗な顔があって、一気に緊張する。

男の人に膝枕なんて初めての経験で、どうしていいかわからず硬直する。手をどこに置いていいか迷ってさまよわせていると、その様子を薄目で見た社長が、いきなりその手をつかんで自分の額に当てた。

瞬間、カッと血が上って、社長の額と同じくらい顔が熱くなった。

不意打ちでそんなことしないでほしい。

落ち着け相手は病人だ、と必死で自分に言い聞かせる。そうそう、弟が病気になった時に、「姉ちゃんの手冷てえから気持ちいい」とか言ってた。あれと同じノリよ、きっと。

これは弟だと思いながら試しに髪を撫でてみると、ふと社長の表情が緩んだ。どうやらお気に召したらしい。それでも苦しそうなのは変わりなく、私はひたすら緊張しながら、そのまま髪を撫で続けた。

社長の家は明るい雰囲気の2LDKの低層マンションだった。

オートロックにコンシェルジュ付き。規模は小さいけれど、ひとつの階に二部屋しかないようで、それぞれの部屋の間取りはゆったりしている。

ぐったりしている社長を支えて、車からは松原さんが、エントランスからはコンシェルジュの人がそれぞれ手を貸してくれて、なんとか部屋までたどり着いた。

「社長、寝室どこですか、寝室」

「入って右の二番目」

最終的には私ひとりで支える羽目になり、ようやくベッドにたどり着くと、半分投げ出すように社長を下ろした。重くて潰れるかと思った。

「社長、台所をお借りしても……」

ひと息ついて社長を見ると、億劫《おっくう》そうにワイシャツのボタンを外していた。

「うわっ、何脱いでるんですか！」

「このまま寝ろとでも言うつもりか。何見てるんだ痴女。キッチンなら勝手に使え」

言ってることはごもっともだけど、せめて私が出ていってからにしてほしいと思いつつ、慌てて寝室を出る。松原さんに頼んで途中で寄ってもらったスーパーで買った食材を手に、キッチンに向かった。料理は得意というわけではないけれど、まあ人並みにはできるほうだ。

広いキッチンには調理道具や調味料が揃《そろ》っていて、使われている形跡があった。勝手に社長は料理などしないだろうと決めつけていたけれど、意外と家庭的らしい。冷蔵庫の中身も充実していて、これなら無理してスーパーに寄ってもらわなくてもよかったかな、と少し後悔した。経済誌や新聞などは出しっぱなしだけど部屋も綺麗に片付いているので、普段から家事はするのかもしれない。いやでも、あれだけ忙しい人だし、ハウスキーパーにでも頼んでいると考えるほうが無難だろうか。

卵粥《がゆ》を作り、薬とともに持っていくと、スウェットパンツとTシャツに着替えた社長は、いかにも上質そうな布団の中で荒い息をついていた。眉間にしわを寄せて、閉じた目元は険しい。

「お粥を作ったんですが、食べられそうですか?」

サイドチェストにお盆を置いて、枕もとに座り込む。

「少しでも何か食べて、薬を飲まないと」

薄く目を開けて私の姿を確認した社長は、束の間考えて、短く「食う」と言った。

ゆっくりと上半身を起こすのを手伝って、背中に枕をあてがうとだいぶ姿勢が楽そうなので、そのままお盆を渡す。社長はお粥を少し口に入れて、味を確かめるようにゆっくり噛《か》みしめてから、飲み込んだ。次のひと口は早かったので、どうやら味はお気に召したようだ。

最後まで綺麗に食べ切って、薬をきちんと飲むところまで確認してから、器を持って部屋を出る。キッチンを手早く片付けてからそっと寝室を窺うと、薬が効いてきたのか、先ほどよりは楽そうに眠っていた。その様子にひとまず安心して、リビングに戻って室長に簡単な報告を済ませると、すぐに手持ち無沙汰になってしまう。

インスタントのコーヒーを拝借して勝手に淹れると、カップを持ってこれまた勝手にベランダに出た。

広がる景色は意外にものどかなもので、大きな川の両側に緑の木々が生い茂り、広い河原では少年たちが野球に興じている。勝手に高層階の一角でキラッキラした夜景を眺めながらウイスキーでも嗜んでいるんだろうと想像していたから、なんだか好感が持てた。キッチンで発見したアルコールはビールと焼酎だったし。

長いことぼんやりしてから中に戻って、念のためもう一度寝室を覗くと、社長はピクリともせず眠り込んでいた。

適当に時間を潰し、頃合いを見計らって夕食を作る。これを食べさせて薬を飲ませれば、とりあえずお役御免だろう。

煮込みうどんの器と、身体を拭く用に濡《ぬ》れたタオルを持っていくと、まだ社長は眠っていて、起こすべきか眠らせておくべきか迷う。

お盆を置いて枕もとにしゃがみ込み、眠る横顔を観察する。

見れば見るほど美しい顔だ、と思う。

不機嫌な表情を取っ払ってしまえば、そこにあるのは完成された男性的な美で、思わず引き込まれてしまう。

何この睫《まつ》毛《げ》、長いしフサフサだし、私が毎朝必死でマスカラ塗ってんのがアホくさ……と思ったところで、目を覚ました社長と目が合った。

束の間沈黙が降りる。社長が寝ぼけてまだ頭が回ってなさそうなうちに、立ち上がった。

やばいやばい、本気で見惚《みと》れてしまった。

「眠れましたか?　お夕飯、おうどんなんですけど食べられます?」

「あー……」

社長がぼんやりとした様子で身体を起こす。汗でしっとりと髪が濡れていて、それが妙に色っぽくて目に毒だった。

何考えてるんだ私、相手は病人だぞ。

タオルを渡すと素直に顔を拭いて、それからお盆に視線を移したので差し出すと、布団を足元に追いやってベッドの端に腰かけるように座り直してからそれを受け取り、黙々と食べ始めた。食欲もありそうだし、心なしか顔色もよくなった気がする。これなら明日しっかり休めば明後日からは無事復帰できるだろう。

食べ終わった器ごとお盆を受け取って、薬を飲むまで見届けて、声をかける。

「それでは、私は食器を片付けたら失礼させてもらいます。滞りなく職務にお戻りになれますよう取り計らいますので、社長はとにかく身体を休ませて……」

「帰るのか」

コップの水をちびちび飲んでいた社長がやっと言葉を発した。

「はい。もう私がここにおりましても、特にお役に立てることはないかと」

「今から何か用事でも?」

「そういうわけではございませんが……」

一応社には戻るけど、すぐに帰宅するつもりだった。

元々私に割り振られている仕事はほぼないし、重要な連絡があれば今日は神崎室長に回ることになっている。

何か頼みたいことでもあるのだろうかとまたお盆を置いて社長を見ると、社長もコップを置いて、枕のほうを指さした。

「座って」

「え？」

何を言われたのかよくわからなかった私の手をつかむと、いきなりぐいっとベッドの上に引き倒した。

「……え？」

「もうちょい真ん中。横座りで」

バランスを崩して片膝を乗り上げてベッドに手をついた私の肩を押して座らせ、枕を横にどけると、空いたスペースまで強引に私の身体を押しやった。わけがわからないまま言われた通りにすると、社長もベッドに上がってくる。

「え？」

もしやこれは殴り倒す場面かとファイティングポーズを取ったところで、社長が自ら倒れ込んできた。

――うおぉいおいおいおいっ⁉

気づいたら社長が寝転がっていて、麗しいお顔が私の膝の上に置かれていた。

「何をっ……？」

うろたえる私を無視して居心地のいいポジションを探すように数回身体を動かすと、納得できたのか横向きに丸まる形に落ち着いた。

「社長っ」

「手」

「はっ？」

「撫でろ。車の中でやってたみたいに」

裏返る私の声とは裏腹に簡潔に指示を出し、私の手を引っ張っていく。

嫌とも言えずに髪を撫でると、満足したように目を閉じて、息を吐いた。

これはなんなんだろう、私は何をさせられてるんだろう。これって秘書の仕事か？　一歩間違えればセクハラなんじゃないのか？　こんな社長でも弱ってると誰かに甘えたくなるのかな？　でも甘えさせてくれる人なんてほかに星の数ほどいるだろうに。

でも変に弱ってるところを見せると付け込まれるのか。だったら私くらいがちょうどいいか。私なんぞが社長のご尊顔を撫で回せるなど、むしろ光栄の極み……。

思考がよくわからない方向まで回ったところで社長が声を発した。

「飯、うまかった。懐かしい味がした」

「よかったです」

素直に褒められると大いに落ち着かない。心の中がむずむずする。

「お前の手は冷たいな」

「よく言われます」

「気持ちいい」

薄く笑みまで浮かべてそんなことを言われてしまったら、もう降参だった。こうなったらできる限り満足していただこうと、より丁寧に手を動かす。ゆっくりと、髪の間をすいて、何度も往復する。弟にしていたように、可能な限り愛情も込めて。

「俺が寝たら……帰っていい……」

また社長がうつらうつらしだしたようだ。

寛いで安らいでいる、その様子を眺めながら、私の心の中にも温かな気持ちが満ちていくような気がした。

冷酷社長の秘密

季節は夏の真っ盛り、外を出歩くのも嫌になるくらいの暑い日が続いている。私が社長付きになってから四か月以上が経った。

京都の老舗から取り寄せた極上の煎茶をいつも以上に丁寧に淹れて持っていくと、社長室の応接セットではこれまたいつも以上に難しい顔の社長が、お父様、つまり上條ケミカルの真彦社長と向かい合っていた。

前にも何度か真彦社長が訪ねてきたことがあるけれど、このふたりが揃っている時に和やかなムードが漂っているのを見たことがない。ふたりの顔立ちはよく似ていて、真彦社長は輪をかけて威厳が漂う険しい表情をしているのが常だし、自宅で家族として接している時はまた違うのかもしれないけれど、あまり安らげる家ではなさそうだな、と思う。

茶托《ちゃたく》を置いた時にぎろり、と目線を向けられて、咄嗟《とっさ》に微笑む。別に睨まれたわけではないんだろうけど、真彦社長の視線は鋭すぎて、いつも品定めされている気分になる。退室して一気に力が抜けた。あー緊張した。

役目を終えた私は、早速自分のデスクに戻る。前までのデスクとは違って、そこには仕事が山積みだ。

あの風邪で倒れた日のあと。二日間しっかり休んで完璧な体調で出社してきた社長は、すぐに私の目の前にどさり、どさりとファイルを積み上げた。

「これ、全部データ化して。今日中に」

涼しい顔で置いていったファイルは普通に処理すれば二日はかかりそうな量で、試されているなとすぐにわかった。それでも、試してみようかと思ってもらえただけ前進だ。下手したらクビになりかねないような暴言を吐いたのが、逆によかったんだろうか。

——やってやろうじゃないの。

持ち前の負けん気に火をつけられた私は猛然と手を動かした。ランチの時間を削って働き続け、その日中に全て完璧にして社長のもとへ持っていくと、さすがの社長も驚いた顔をした。

データを確認して、無言で考えること数十秒。

「メールで次の指示を送る。確認して」

そして私の顔を見上げると、満足げな笑みを浮かべた。

「上出来だ」

それからはありとあらゆる仕事が回ってきた。他人に仕事を回すのが下手なのかと思っていたけれど、なかなかどうして、こちらができるラインを見計らってその少し上くらいを狙ってくる。そうするとよくできたもので、初めは無理に思えてもなんとかしていくうちに仕事のキャパが増えていくのだ。

本当は部下を育てるのに向いている人なんじゃないかと思う。


書類と格闘していると、しばらくしてふたりが出てきた。真彦社長だけはいつも社長が下まで見送るので、私はその場で立って一礼するのみ。戻ってきた社長は明らかに疲れた顔をしていて、通りざまにお茶、と頼んでいった。

最近の社長のお気に入りは、近くのお茶屋さんで私が見つけてきたほうじ茶だ。飲み飽きない優しい味で、私が気に入って試しに出してみたところ、社長の味覚にも合ったらしい。

すぐに持っていくと、真彦社長との会談でよほど消耗したのか、座りもせずデスクに寄りかかって窓の外をぼうっと見ていた。

「お疲れ、ですね」

湯飲みを渡すと立ったまま口をつけた。こくりとひと口飲み下して、深い息を吐く。

「疲れるよなあ。あの人と話すのは」

珍しく砕けた口調だった。最近は心なしか私に対する距離が縮まってきて、少しずつだけど気を許してくれている感じがする。

「的確なことしか言わないから逃げ場がない。確実に心をむしばんでくる」

「社長にそっくりですね」

「俺はそこまでひどくないだろ」

苦笑いを浮かべながら、ゆっくりとお茶を飲む。

窓の外では、夏の盛りの太陽が傾き始めていた。冷房の効いた社内にいると感じないけれど、外は昼間に溜め込んだ熱でまだまだ暑そうだ。

なんとなくその場に残って、その様子を一緒に眺めていると、社長が私に問いかけてきた。

「この会社の、強みはなんだと思う？」

「長い歴史の中で培ってきた豊富な知識、技術、経験。またその歴史によって育まれた絶対的な信頼感、知名度」

「弱みは？」

「歴史に固執するあまり目線が常に一方向なこと。新規開発に技術が生かし切れておらず、時代に取り残されていること」

何度も何度も繰り返し考えているせいで、すらすらと淀《よど》みなく口から溢《あふ》れてくる。

社長が就任してから、ずっと取り組み続けていること。私の意見を求められたのは初めてだけど、社長が根本からブランディングをやり直そうと模索していることは誰から見ても明らかだった。

このままズルズルと、昔から続けてきたことをやり続けるだけじゃ、必ず破綻する。何を捨てて、何を育てるか。特化していくべきものは何か。

「話がしたいな」

湯飲みをこちらに寄越して、どさりと椅子に座り込む。

「もっと若い連中と、現場の声を、忌憚《きたん》のない意見を、気負いのない方法で」

人の配置を換えて、社内の流れを刷新することが、第一優先の課題になるだろう。そしてそこには必ず反発が伴う。就任したばかりの若い社長のもとには、圧倒的に味方が少ない。

いかに効率よく、少しでも抵抗の少ないように変えていけるか。それにはまず、情報を集めるしかない。それでも、上層部を飛び越えて社長が直接現場の人間と忌憚のない意見を交わす、というのは、うちくらいの規模になるとなかなか難しい。実際そういう場を設けようとしたこともあったけど、上の人間の面子だとか横やりだとかに邪魔されて、実現しなかった。

「……非公式に、であれば」

初めて意見を聞かれたことに勇気づけられて、ずっと思っていたことを口に出してみた。

社長は顔を上げて、ん?と目線で促す。

「プライベートな場であれば、話をしてみると面白いかも、と思える人がいます」

「社長の俺がいきなり呼び出して、あけすけな話ができるか?」

「酔わせれば」

いい頃合いまで飲ませてから、不意打ちで社長に会わせれば、あいつなら開き直ってぺらぺら話しだすかもしれない。

「お前もなかなか腹黒いな」

私の提案を面白そうに聞いていた社長は、「いいだろう」と頷いた。

「セッティングしてくれ。お前の判断に従おう」

数日後、何も知らない哀れな真木は、「臨時収入が入ったからおごって差し上げよう」という私の甘言に即飛びつき、ほくほく顔でやってきた。

選んだ店は、座敷がいくつも襖《ふすま》で区切られていて、それぞれの席は個室のようになっている居酒屋だ。襖を開け放ってしまえばひと続きになる造りで、隣の話し声なんかは丸聞こえ。

酔っぱらいの愚痴をBGMに手羽先にかぶりつくという、私も真木もお気に入りの店だった。こんなところに社長を連れてくるのは気が引けたけど、本人は特に気にもせず、ひと足先に襖の向こうに続く隣の席に入って、焼酎片手にスタンバっている。

ビールで乾杯して、しばらくは最近の合コンの成果などどうでもいいことを聞いていると、割とすぐに仕事の愚痴になった。早めのピッチで酒を勧めつつ、聞き役に徹する。

「社長もなあ、話を聞いてたら頑張ってはくれてると思うけど、やっぱいまいち頼りないよなあ」

私の仕事の話から、社長の話になってしまった。

おっと真木、今ここで社長の批判はやめといたほうが。

「ジジイどもになかなかガツンと言えないんだよなあ。あの若さだから仕方ないんだろうけど、もどかしいってみんな言ってる。俺に社長の権限があったらなあ」

そこ、そこだよ真木君。

「例えば真木が社長だったら、まず何をする？」

手羽先片手にしばらく考え込んだ真木は、名案を思いついた、というように骨を振り上げる。

「営業四課長と三課長をトレードする」

「トレード？　三課長を左遷するんじゃなくて？」

真木の大嫌いな三課長は、周りからとにかく評判が悪い。ただ厄介なことに上層部には気に入られている、ごますりと接待が得意な狸《たぬき》親父だ。

「そりゃいなくなりゃせいせいするけど、実際問題、左遷は無理だろ。あの人副社長のお気に入りだし」

真木は骨をぶんぶん振りながら持論を続ける。

「四課と三課ってやってることは結構似てるんだよ。実際オーバーラップしすぎてどっちが担当かわかんなくなってる部分もあるし。でも三課のほうが扱ってるものが専門的。知識が必要になってくるんだ。三課長は文系だけど、四課長は理系出身だろ？　四課長は気が弱いから三課長に押され気味だけど、話をしたらすぐ理解してくれる。こっちとしては大変やりやすい」

四課長の頼りない風貌が思い浮かぶ。見るからに優しげで存在感もないけど、いつも筋の通った話し方をする人だ。

「トップをトレードして、三課と四課の線引きを明確にする。もしくは、トレードせずとも、四課のほうに理系の知識のある人間を寄せて、より専門性を高められればいいと思うんだ」

「少なくとも開発と営業の間の軋轢《あつれき》は減るな」

「あ？」

いきなり聞こえてきた自分に向けられたものであろう声に顔を上げて、私の頭上に目線を向けた真木の目の前で、スパンと襖が開いた音がした。

大口を開けたまま目を見開いて固まるその顔は、せっかくの王子様ヅラも台無しの大変残念な間抜け顔だった。

ごめんよ、真木。ほら、上に要望を通したいって、自分でも言ってたじゃん、ね？

「三課と四課の仕分けは私もずっと必要だと思っていた。とても有意義な意見だ。ぜひ詳しく話してもらいたい」

心の中で謝り倒す私を尻目に、社長は水割りのグラスと枝豆の皿を手にずかずかと真木の隣に座り込む。

「ライフケミカルの真木君だね。優秀だと聞いている。話ができて嬉《うれ》しい」

「は、あの、どうも……」

状況を把握できない真木は、まじまじと社長の顔を凝視してから我に返ったらしく、凄まじい勢いで私のほうを見た。

「佐倉ぁっ？　おい、なんだよこれ」

「いや、社長のたってのお願いでね、現場の声を直接お聞きになりたいってことで」

「本物？　本物の社長？」

「自己紹介が遅れたな。三星シンセティック代表取締役の上條だ」

「はっ、はあ、よく存じ上げております」

社長が真面目な顔で差し出した名刺を、畳に頭がつくほど深々と腰を折って押しいただいている。冷や汗たらたらの真木と好対照に、社長はにやにや笑っていた。

あの、楽しんでませんか、社長？

「佐倉君に、面白い意見を持った同期がいると紹介されてね。無理を言ってこの席を設けてもらったんだ。今日は私が社長ということは忘れて、腹を割って話ができると嬉しい」

「まあ飲もう。まずは乾杯だ。わが社の輝かしい未来に」

社長がすっとグラスを掲げたので、私も同調してジョッキを持ち上げると、真木も慌てたように日本酒のグラスに手をかける。かちんと音を立ててグラスをぶつけると、社長はごくごく美味しそうに喉を鳴らして水割りを飲み干した。

そこからは一貫して社長のペースだった。砕けすぎず堅すぎずの態度で真木の警戒を解いていき、戸惑いまくっていた真木を上手に乗せて、話を引き出す。

途中から真木も吹っ切れたのか、饒舌《じょうぜつ》に持論をぶちまけていた。最後には敬語も砕けて、そうなんすよそうなんすよと、体育会系丸出しで社長の肩を叩きだす始末。

ベロンベロンに酔っぱらった真木を心配した社長のご厚意により、真木も私も家まで送ってもらえることになった。

真木はお迎えに来た松原さんの高級車にひたすら感動し、底なしに明るい声で「きょーはごちそうさまっしたっ」と敬礼してから、自分のアパートのエントランスに吸い込まれていった。明日、我に返った彼の精神状況がとても心配される。

真木の姿が見えなくなってから家までの道順を松原さんに説明していると、隣から声がかかった。

「はあ」

「面白いヤツだったな。久しぶりに楽しい酒だった」

後部座席に深々ともたれた社長は、言葉通り緩い笑みを浮かべてご機嫌だ。普段の酒席は肩肘張るものばかりで疲れるだけだろうし、傍から見ていても今日の社長は楽しそうだった。多分真木とも性格が合うんだろう。

「付き合ってるのか?」

「まさかまさか。ただの気の合う飲み友達ですよ」

しょっちゅう飲みに行ってるおかげで、私と真木が付き合っていると誤解されていることは割とよくある。よくありすぎて面倒になり、面と向かって聞かれればはっきりと否定するが、こちらから積極的に否定して回ったりもしない。女好き真木はどうしているのか知らないけど。

ふうん、と気のない返事をした割には、納得していない様子だった。

「お前はそうかもしれないけど、あっちはどう思ってるかな」

「何言ってるんですか。真木だってそう思ってますよ」

反論する私を横目で見る。

「お前、意外とモテないだろ」

「セクハラです」

「昨今のセクハラに対する定義は狭すぎる。これじゃあ普通の世間話ができない」

「どこのエロ管理職の意見ですか」

今日は私も相当量のお酒が入っている。白い目で見返すと、社長は楽しそうに笑っていた。

それが普段の社長からは想像できない幼い表情で、なんだかもったいなく思えて、束の間だけどじっくりと、目に焼き付けた。

それから社長室では、水面下であるプロジェクトが発足した。その名も〝佐倉目安箱〟。社長が半分おもしろがって命名した。

社長、ひいては社全体に対する意見・要望を、なんでもいいから秘書の私までメールで送りつけてもらおうというものだ。

専用のアドレスを用意して、真木や茉奈ちゃんなど若手を中心に、口頭で広めてもらう。表向きは非公式なので、社長は直接関与していない、という形にした。投書の形態も、提案書として一定の書式の形を取ってもいいし、ひと言ふた言コメントみたいな形でも全然構わない。

『そんなんで意見なんか集まんのかあ?』という真木の意見も、『どうせ愚痴みたいなくだらないコメントばかりになりますよ』という茉奈ちゃんの意見ももっともだと思ったけど、私は『若手の意見が聞きたい』という社長の希望を尊重したかった。

とりあえずやってみようと、あまり期待を寄せずに開始する。

始めた当初は予想通り、全く意見は集まらなかったし、来たとしても匿名で上司の嫌がらせに対する愚痴とか、どこそこの電気が切れている、コピー機の調子が悪いなど、それは総務に言ってくれと思うようなメールばかりだった。

それでも挫けず、解決できそうな問題なら総務に話を通し、時には直接現場に赴いて、ひとつひとつ地道に対処していく。

休憩室の自販機のラインナップがショボすぎるという意見は、前々から私も同じように思っていたので、ダメもとで社長に進言してみたら、思いもかけず話が通った。一杯ごとにミル挽《び》きして淹れてくれる、その自販機の最初の一杯を堪能したのは私である。

その辺りからだった。徐々に実のある意見が集まりだしてきたのは。

どうやら本当に社長まで話が通るみたいだぞ、と少しずつ信用されてきたらしく、私向けではなく社長に対する意見がちらほらと混ざり始めたのだ。私としては確実にあの自販機の存在が大きいと思っている。一秘書の権限ではあの高級自販機は導入できないと思われたのだろう。

これはと思う意見の持ち主に、内々に面談のアポを取り付ける。会う場所は社外を選んだ。これは非公式であり、あくまで個人的に意見を聞くだけで形には残りませんよ、という事実を強調するためだ。

最初は本当に社長が来るのかと猜疑心《さいぎしん》満載でやってくるけど、本物が姿を現すと、みんな一様にテンションが上がる。感動して喋《しゃべ》りまくる人もいれば、驚きすぎて泣きだした人もいた。その誰もに社長は紳士的に接し、丁寧に話を聞いていく。

そんなことを繰り返して、早くも二か月。いつの間にか私の仕事量は爆発的に膨れ上がっていた。


ガチャリと社長室の扉が開いて、社長が半分だけ身体を出す。

「佐倉さん、これまとめといて」

見ると目線は手元の書類を見ながら、別の書類を片手だけで差し出していた。受け取ると、そのままの体勢で扉の向こうに消えていく。

しばらくして、社長の決裁が必要な書類が出来上がったので、おざなりに扉をノックしてすぐに部屋に入る。

「社長、ご確認を」

「ああ」

またしても社長は手元を見たままだけど、こっちもそんなの気にしちゃいない。最低限の会話で部屋を出ていく。

元々はメールや内線で指示を仰いだり確認したりしていたけど、忙しくなるにつれそれすら煩わしくなり、まず社長が頻繁に直接出向いてくるようになった。私も面と向かってのほうが確認しやすく、なし崩し的にメールや内線が使われなくなり、今では遠慮も躊躇もなく社長室に出入りしている。

すぐそこにいるのに、堅っ苦しい文章なんて打ってられるかバカらしい、というのが私と社長の共通の見解だ。

社長はノックするという概念もないらしく、扉は毎回いきなり開く。

「週末のシンポジウム、プログラムは届いた？」

「まだ私の手元へは来てませんね。至急確認します」

私のほうは一応ノックはするものの、返事は待たない。

「こちら先ほどの議案書です。あとプログラムですが、秘書室で止まってました。すぐにお持ちします」

扉一枚隔ててはいるものの、ほとんど同じ部屋にいるようなものだ。普通は怒られそうだけど、社長は全く気にしていない。

秘書室に出向こうとして、そういえばあとで常務に届けてほしいとお使い物を頼まれていたことを思い出す。ついでに持っていこうとまたおざなりにノックをして扉を開けた、その瞬間、ゴン、という鈍い音が響いた。

やば、と見上げたそこには案の定、額を押さえてうつむく麗しい社長のお姿。

「も、申し訳ございません！　大丈夫ですか⁉」

やってしまったと真っ青になって謝り倒す私を一瞥すると、ふー、と長く息を吐く。

まずい、これはもしや、とうとう怒らせてしまったか！

「佐倉さん」

「はいっ」

上擦った声で返事をする私に、社長は淡々と言いつけた。

「社長室の中に、デスクを用意する。とりあえず簡易的でいいから、君のワークスペースを整えて」

「えっと、それは」

「今のままじゃ効率が悪い。同一室内にいたほうが何かと便利だ。俺は面倒という言葉が大嫌いだ」

そう言い放ち、自ら総務に電話して手配してしまった。反対する暇もなく、バタバタとデスクが運び込まれ、あれよあれよと作業スペースが作られていく。その日の昼にはひと通りの仕事がこなせる環境が整えられていて、総務部の本気を見たような気がした。

満足そうな社長に思わず声をかける。

「あの。社長はお嫌ではないんでしょうか」

「何がだ」

「以前、秘書というものにいい感情はお持ちでないとおっしゃっていたでしょう？その秘書と同じ空間で執務をなさる、というのはストレスではないかと」

社長は束の間考えると、あっさりと答える。

「嫌ではないな」

考えるように言葉を選びながら続ける。

「君は秘書というよりも、感覚としては同僚というか……なんて言えばいいかな。相棒、みたいな」

「相棒」

「頼りになるし、よく気がつく。任せても大丈夫という安心感がある。それに、話していて時々はっとするような意見を言うことがある。細やかな目線というんだろうか、そんな考え方もあるんだなと気づかされる」

「それは、あの……ありがとう、ございます」

予期していなかったお褒めの言葉の数々に、なんだか戸惑う。社長も少し照れたのか、首筋をこすりながらジャケットを取り上げた。

「今日は外で食べてくる。君もバタバタして疲れただろう、ちょっと長めに休憩してきていいぞ」

そう言って足早に部屋を出ていった。

ひとり取り残された私は、思わずその場にしゃがみ込む。

なんなのよ、もう……。あんなこと言われたら、舞い上がるに決まってる。

認めてもらえていること、頼りにされていること。

あんな風に不意打ちで伝えられたら、冷静に受け止められるわけないじゃないか。

やばい、嬉しい。めちゃくちゃ嬉しい。

思わず手足をバタバタさせたくなって、抑え込むためにぎゅっと膝を抱き込んだ。

私、あの人のためだったら、過労死寸前まで働いてもいい。いやむしろ、限界を超えるまで働いて、ぶっ倒れるくらいがいい。もっともっと、頑張らなくちゃ。これまでの人生で一番、仕事への情熱が燃え上がった瞬間だった。

お言葉に甘えて、ちょっと遠出してお気に入りのカフェで昼食をとり、デザートまで満喫する。帰り道、路面の花屋に無造作に置かれたリンドウの綺麗な色に目が留まり、小さくアレンジして束ねてもらった。

社に戻り、小型の花器に生けて社長室に飾ると、なんだか空気が明るくなったような気がした。美術品もいいけれど、生きているものがあると、自然と活気を与えてくれる。

新しく完成したデスクで早速仕事に取り掛かっていると、帰社した社長がすぐにその花を発見し、足を止めた。

「……花か」

「はい。以前から少し殺風景だなと思っていましたので」

社長はなぜか、長いことその花に見入っていた。

すっと目を細め、物思いに耽《ふけ》るような表情で。

「お嫌でしたら、片付けますが」

このくらいの小ささなら気にならないかな、と思ったけど、やはり目障りだっただろうか。

「いや。構わない」

社長は小さく首を振ると、ふっと私の顔を見た。

そのまま束の間見つめられる。それがなんだかやけに優しい表情で、どくんと胸が高鳴る。

「あの。何か?」

「今日のグループ会議、同行できるか?　夕方には終わる」

ほぼ形式的なものなので、いつも社長ひとりで出席している。お声がかかるとは珍しい。

「もちろん、お供いたします」

「ありがとう」

そのまま仕事に戻ってしまった。今のあの、優しい表情はなんだったのか。

まあ、特に意味はないんだろうけど、いい男は無駄に女子をときめかせるんだから、ちょっとした態度でも気を付けてほしい。

時間になったので上條ケミカル本社に出向き、グループ会議に出席する。ほぼ定期報告のみの内容で、どうして今日私が連れてこられたのか、いまいち釈然としなかったけど。

車に戻って、松原さんが社に帰ろうとするのを、社長が止めた。

「いい。そのまま向かえ」

その言葉に、いつもあまり表情を変えない松原さんが、驚いたように振り向いた。

「失礼ですが、佐倉さんは」

「連れていく」

「は」と答えた松原さんは、衝撃を受けたように目を見開いている。それでもすぐに気を取り直して、車を発進させた。

——さあ、私は一体どこへ連れていかれるのでしょう？

恐る恐る社長の顔を窺うと、肘をついて私の様子を見ていた社長が、苦笑いを浮かべているのが見えた。

「ちょっとした私用に付き合ってもらえないか？　時間は取らせない」

「私用、とは？」

「着いたらわかるよ」

できれば先に教えてほしいのですが。

それきり社長は黙ってしまったので、喉元まで出かかった言葉を呑み込んで、落ち着かない気持ちで窓の外を眺める。車はどんどん郊外へ向かっていくようだった。

しばらくして、一軒の花屋の前で車が停まる。

「一緒に降りて」

社長が松原さんを残し、さっと降りてしまったので、私も慌てて後を追う。

慣れた様子で社長が店内に入ると、中にいた大柄な男の人がすぐに気づいて声をかけてきた。

「いらっしゃい」

「どうも」

後ろに控えた私に目を向けると、にやりと笑う。

「何。今年はもしかしていい報告でも？」

「違いますよ。ただの部下です」

「なんだ、つまんない」

顔見知りだろうか、気安い雰囲気だ。白いエプロンが所々汚れていて、いかにも気のよさそうな、クマのぬいぐるみのような人。

「今年もお任せ？」

ざっと店内を見渡しながらその男性が尋ねると、社長は私のほうを見た。

「さっきの花、なんていう名前だ？　あの紫色の」

「リンドウ、ですか？」

「リンドウね、今日は入荷あったかな」

男性が呟《つぶや》きながら、店の裏手のほうへ回っていった。「いいのあったよ」とすぐに戻ってきた彼が手にしていたのは、濃い青紫色の、大ぶりのリンドウの花。

綺麗だな、と思ったけど、社長は少し違う目線で見たようだ。

「紫じゃないんですね。青？」

「うん？　リンドウもいろんな色があるよ、ピンクとか白とか。もっと薄い紫もあるけど、一般的なのはこの色かなあ」

「だからか。俺の中ではもっと紫色のイメージだったんです。サイズももっと小さかったような気がして」

花屋さんが社長を見て、ああ、と何かに納得した。

「もしかして、ずっと探してた花のこと？　リンドウだったんだ」

「おそらく。もう記憶も曖昧ですが」

私が昼間買ってきたリンドウは、確かにもっと薄めの紫色で、形も小ぶりだった。

小さなアレンジにするのにちょうどいいな、と思っただけなんだけど。

「ほかには何を合わせようか？」

その男性の問いに、社長は私のほうを向くと、こともなげに言った。

「お前、決めてくれないか？　花に詳しそうだし」

「は？　しかし、用途を教えてくれませんと。贈られる方のご趣味も存じませんし」

「派手なのより地味なのが好きだったな。あと、でかいのより小さいの」

私としては用途のほうが聞きたかったんだけど、そこは教えてくれなかった。

「随分大雑把な説明ですね」

「お前の趣味で選んでいいよ。信用してるから」

すると、「じゃあできたら呼んでください」と言い置いて、さっさと店を出ていってしまった。結局誰に渡すのかすら伝えていかず、これで私にどうしろと、と唖然としていると、クマ似の男性が小花を選びながら近づいてくる。

「無茶なこと言うよね。仕事でもああなの？」

「普段はもっと建設的な指示を出してくださるのですが」

「でも横暴でしょ？」

「……ノーコメントで」

あっはっはっと豪快に笑いながら、「こんなのどう?」といくつか組み合わせて見せてくれた。

半ば開き直ってふたりで花を決めていき、ブルーと白でまとめた上品なアレンジに仕上げる。店の外でふらついていた社長を呼び込んで完成した花束を見せると、満足そうにひとつ頷いた。

「いってらっしゃい」と見送ってくれるクマさんに頭を下げて、近くで待機していた車に乗り込むと、次に見えてきたのはたくさんの木々が連なる緑豊かな並木道。初めは公園かと思ったけど、車から降りて足を踏み入れると、そこはどうやら。

「お墓……?」

「行くぞ」

戸惑いながらも花束を抱えてついていくと、途中で手桶《ておけ》と柄杓《ひしゃく》を準備しつつ、社長は勝手知ったる顔で、ずんずんと先に進んでいく。やがてひとつのお墓の前で立ち止まると、手にしていた桶を置いた。

なんの変哲もない、小さなお墓。墓石には、松江《まつえ》家之《の》墓、と刻まれている。

「これは、どなたの……」

「母親」

何げなく訊《き》いた質問に、思いもよらない答えが返ってきた。

「美恵子《みえこ》夫人はご健在ですよね？」

真彦社長の奥様は財界社交界の顔として有名だ。いろんな場に顔を出し、精力的に活動している。

「あの人とは血が繋がってない。妾腹《しょうふく》の生まれだから、俺」

あっさりとそう言って、柄杓を手に取る。突然の告白に固まる私を尻目に、ゆっくりと墓石に水をかける。

「中学生の時に本邸に引き取られたんだ。母親が病弱で、入院しがちになったから、それで」

「そう、だったん、ですか……」

戸惑いを隠せない私に、なんでもないことのように笑う。

「別によくある話だろ」

「残念ながら私の周りには、そのような方はおりませんでして」

「俺の周りには結構いたけどな」

丁寧な手つきで墓石を潤して、軽くごみを払う。

墓石は綺麗に掃除されていて、花立にはすでに花が飾ってあった。

「今日が命日なんだ。毎年必ずこの日は来るようにしてる」

ジャケットの内ポケットから小さな袋を取り出す。中にはろうそくとお線香が入っていて、それを立てると、今度は別のポケットからライターと数珠を取り出した。

「花」

「あ、はい」

花束を渡すと、花立の花とは交換せずに、そのまま墓前に供える。深みのある青紫色が、しめやかな中にも彩を添えた。

「母さんが好きだったんだよな、この花。名前がずーっとわかんなかったんだけど、お前がいきなり飾ってたから、驚いて」

ああ、だから。あの時あんな穏やかな顔をしたのかと、今更ながら納得した。

ろうそくと線香に火を灯すと、社長が静かに手を合わせた。私もそれに倣って、そっと手を合わせる。

お墓参りだと知っていたら、きちんと数珠を持ってきたのに。

社長は長いこと、目を閉じて祈っていた。お墓の中のお母様と、どんな話をしているのだろうか。

その横顔はいつにも増して静謐《せいひつ》で、そして美しかった。

目元を縁取る長い睫毛に、夕陽が色濃く影を落とす。

茜《あかね》色の光が墓地全体を照らしていた。ゆっくりと目を開けた社長の前髪を、風が揺らす。いつの間にか季節は秋に変わっていて、頬を撫でていく風は冷たさをはらんでいた。

「ありがとうございます。連れてきていただいて」

自然と口から滑り落ちていた言葉に、社長は意外そうに聞く。

「迷惑だっただろ。いきなり連れてこられて」

「いえ、とても……」

社長にとってはただの気まぐれだったかもしれない。お母様が好きだった花を見つけて、ただ気分が盛り上がっただけかもしれない。私を連れてきたことに、深い意味はないのかもしれないけど。

「とても、嬉しいです」

この人を、全力で支えたい、と。強く、そう思った。

冷酷社長の溺愛

水面下に、あるいは公に、管理職から一平社員まで幅広く話を聞き、交渉を重ね熟考を重ね、何度も話し合いを重ね、ようやく改革案が形になった頃には、秋も終わりを迎えていた。

例年十二月に開かれる年に一回の重役総会でその案を発表し、承認を得られれば、次年度に向けて動きだす。反発が極力出ないようにゆっくりと進めていく方針だけど、まずは一歩、大きな転換期に向けて歩きだすことになる。

そして今日。とうとう迎えた総会当日。

資料は完璧。突っ込まれると思われるところはみんなで何度も確認して潰してある。何よりMBAを取った社長のプレゼン術は、その辺の古臭い重役どもを黙らせるだけの説得力がある。大丈夫、ここまでしっかり準備してきたんだから、滞りなく終わるはずだ。

会議には神崎室長が同行するので、私は社でお留守番だ。悔しい気もするけど、室長がいたほうが私の何倍も役に立つのは明らかなので、私情はもちろん呑み込む。

今日の社長は三つ揃いのビスポーク、いつにも増して気合いの入った格好で恐ろしく美しかったけど、その表情は意外にも落ち着いていた。いっそ気楽とも言えるほど。

出発する前にお茶をご所望だったので、あえていつも通りのほうじ茶を淹れる。

「あまり動じてらっしゃらないですね」

そう声をかけると、社長は楽しげに口角を上げた。

「そうか？　これでも昨日はほとんど寝てないんだが」

「全くそう見えません」

「外面を取り繕うのは得意なんだ」

くくっと笑ってゆっくりお茶を飲み干した。ふーっと大きく息を吐いたところで、神崎室長が迎えに来る。

カバンを手に取り歩きだした社長を、思わず呼び止める。

「社長」

振り向いた社長に、何か気の利いた言葉をと思ったけど、何も浮かんでこなかった。

『頑張ってください』も、『成功をお祈りします』も、全てが陳腐で、伝えたいことは伝わらない気がして。

「お待ちしております」

結局出てきたのはこの言葉だった。

ここで、私はあなたの帰りを待っています、と。

「いってらっしゃいませ」

深々と頭を下げて、社長を見送る。社長はそのまま部屋を出ていく、はずだった。

足音がこちらに向かってきた。

視界に社長の靴先が見えて、なんだろうと顔を上げると、そのままぐんぐん近づいてきて。

首裏に社長の手がかかる。

ぐっと力がこもって引き寄せられると、鼻と鼻がぶつかる距離に社長の綺麗な顔があって。

ふわりと唇が重なった。

軽く押し付けるだけの、優しいキス。

すぐに柔らかな感触は離れていって、驚いて目を閉じる余裕もない私の目の前に、またもや社長の顔があって。

「いってくる」

少し目を細めて微笑むその表情は、見たこともないほど甘かった。

そのままスタスタと部屋を出ていってしまった社長を呆然と見送りながら、扉が閉まった瞬間、よろり、と倒れた。足に力が入らなくて、ずるずるとデスクにもたれて座り込む。

なん、なんだ、今のは。

人差し指を唇に当てて、さっきの感触を反芻《はんすう》する。温かくて、気持ちよくて……。

キス、された、よね？

認識した途端に心臓が一気に跳ねた。どっくんどっくん波打って、どっと顔に血が上る。

社長が、私に、キスをした。

なんで？　なんで⁉　一体どういうつもり⁉

大混乱の渦に呑み込まれて、しばらくそのまま動けなかった。内線がかかってきたのに助けられてなんとか立ち上がったけど、頭の中はずっとパニック状態で。

社長室にいたら叫びだしてしまいそうで秘書室に顔を出すけれど、ことあるごとにキスの感触が蘇《よみがえ》ってひとり挙動不審になる。コピー機を詰まらせて、いつもは簡単に直るのに今日はなぜか言うことを聞いてくれなくて、茉奈ちゃんを呼びに行く羽目になる。

「先輩、今日はさすがにそわそわしてますね」

「うん。もう、すごい落ち着かない」

ですよねー、と頷いているけれど、その理由は多分茉奈ちゃんが想像しているものじゃない。社長にキスされたなんて、口が裂けても言えないけれど。

そのそわそわは結局丸一日続いて、ほとんど仕事にならなかった。それでも、社長が会議から戻ったという知らせに、自然と気が引き締まる。

社長室で待っていると、特に普段と変わらない様子で社長が入ってきた。ほんとにいつも通りで、表情からはうまくいったのかどうなのかわからない。

「おかえりなさいませ」

「ただいま」

出迎えた私にコートを脱いで渡すと、椅子に沈み込むように腰かける。そして、無言で言葉を待つ私に、にやりと笑いかけた。

「首尾は上々。まあ多少の横やりはあったけど、大筋は全部承認させた」

ホッとして肩の力が抜けた私を見て、社長は表情を引き締める。

「ここからが正念場だぞ。年始から本格的に動きだす。今までよりさらに忙しくなるから、気合い入れていくぞ」

「はい！」

これから年末までは、この件について、定例の行事を消化するために一時的にストップするけど、年が明けてからは文字通り新しくスタートだ。わが社が生き残るための大改革に自分も中心で携われるなんて、責任を感じる反面、とてもわくわくする。

忙しいのは覚悟の上だ。社長が言う通り、気合いを入れ直さねば。

よし、と自分に活を入れて、早速デスクに向かう。今日の会議録はいつあがるだろうか。神崎室長にも話を……。

頭の中が仕事モードに切り替わった私に、社長から声がかかる。

「佐倉さん。二十四日の予定はどうなってる？」

すぐにスケジューラーを開いて確認する。

「午前は社内ミーティングが二件、午後からは懇親会に出席の予定です。四時に終了予定で、そのあとは特に何も」

「違うよ。君の予定だ」

「は？」

顔を上げて社長を見て、またどきりとする。

私に向けられていたのは、さっきの……キスの時の、優しい微笑みだった。

「夕方から空いてる？」

「は、それは、その、何もございませんが……」

妙齢女子が聖なる夜になんの予定も入っていないのは残念なことこの上ないが、現実に暇なんだから仕方ない。ここ二年ほど、ひとりで白ヒゲおじさんのチキンを貪《むさぼ》るのが恒例となっている。今年は特に忙しくて予定なんて立ててなかったから、当然そうなるだろうと思っていたけれど。

「じゃあそのまま空けといて。祝杯に付き合ってほしい」

「はい……」

惚け面で頷いた私に「よろしく」とだけ言って、社長は涼しい表情で仕事に取り掛かる。その真逆で、お仕事モードから一気にお花畑に引き戻された私は、結局そのあとも全く仕事にならなかった。

「先輩、何かいいことありました？」

届け物をしてくれた茉奈ちゃんが、ひょいと私の顔を覗き込む。

「なんかウキウキしてるっていうか。肌もつやつやだし」

浮ついているのがわかりますか。高級パック買っちゃったしね。

「仕事が落ち着いたからじゃない？　ちゃんと休めてるし」

「まあ、一時期殺人的に忙しそうでしたからねえ」

「よかったですねえ」とちょっと同情的な目線になる茉奈ちゃんに、心の中で謝った。

いえいえ、浮ついてるのは事実なんです。主にピンク色な意味で。

社長に予定を聞かれた日から、私の頭の中は半分ふわっふわだ。仕事が落ち着いたのをいいことに、スキンケアに精を出し、普段は適当な料理も野菜多めのヘルシー志向にシフトした。前々日にはネイル、前日にはエステのフルコースまで張り切って予約してしまった。下着を新調すべきかとカタログを眺め始めた時点で、ちょっと待てとさすがに自分でストップをかけたけど。

読めないのは社長だ。

あの日からさっぱりその話題は口に出さず、いつも通り普通に仕事している。まあ変に態度を変えられても困るのだけど、どんな考えで二十四日なんて日に食事に誘ってきたのか、さっぱり意図が読めない。

女性として誘ってもらえたのか、それとも一緒に戦った相棒としてか。祝杯をあげるってことは、相棒の意味合いのほうが強いか？　ただ単に二十四日が空いていただけなのか、もしかして二十四日という日が一般的にクリスマスイブと呼ばれる特別な日だということを、社長は認識していないのでは……？

　わからない。全くもってわからない。

　前日になっても何も話が出ないので、意を決して私から声をかけた。せめてどんなお店に連れていってもらえるのかくらい聞いておかないと、どんな服を選べばいいかわからない。ひとり空回ってキラッキラの服を着て、それこそ場末の居酒屋だったら目も当てられない。

　終業間際、社長もひと息つきたくなる頃を見計らって、お茶とともにお土産でいただいたお菓子を差し出す。

「あの。明日のことなんですが」

「明日？」

　小ぶりのおまんじゅうにかぶりついた社長は、心当たりなどございませんと言わんばかりの返事をしてくる。

　え、もしかして忘れてる？

「食事のこと？」

「そうです、そうです」

ああ、びっくりした。食事の約束自体、白昼夢でも見てたのかと思った。

「あのですね。その、こちらも多少準備などもございまして。もし、よければその、どのような類のお店に行かれるのかを教えていただけると……」

「準備？」

「ええとその、ＴＰＯという言葉もございますし、服装などを決めるのにですね」

「ああ。別に何も用意しなくていいよ。そのままで」

あっさりとそう言われた。

はい。そのままで。

一気にどーっと脱力してしまって、気取られないように早々にデスクに戻る。そうですよね、相棒ですもんね。仕事帰りに一杯ひっかけるようなノリですよね。あーアホくさ、この数日のトキメキを返せ！

その夜の私のテンションはダダ下がりだった。エステもキャンセルしてやろうかと思ったけど、せっかくだし受けに行く。思いっきりリフレッシュして、このくさくさした気持ちを少しでも和らげねば。

そのテンションのまま翌日を迎え、いつも通りのお堅いスーツで出社する。メイクもいまいち気合いが入らず、肌だけがつるつるピカピカなのがなんとも口惜しい。

午前中は社内で業務をこなし、懇親会は私も同席する。終わったら当然社に戻ってくるものだと思っていた私に、社長が声をかけた。

「出先から直接行くから。早上がり扱いにしといて」

はあ。え、でも、四時には終わりますよね？

一杯ひっかけるには少々早すぎません？

疑問に思ったけど口には出さず、言われるがまま終業の準備をした。

懇親会は滞りなく終わり、松原さんの待つ車に戻る。少し長引いたとはいえ、まだ四時過ぎだ。行き先はすでに告げられていたようで、松原さんは社長の指示なく車を走らせる。さあ、一体どこへ向かうというのか……。

全く見当がつかず内心落ち着かない私が降ろされたのは、少し奥まったところにあるえらくオッシャレな建物で。

「ここはどこですか……？」

「服屋」

小さく掲げられた看板を見てピンときた。

ここ、名前だけ聞いたことある。セレブたちが集う、会員制の超高級セレクトショップじゃない。

「なにゆえこのようなところへ」

「だから何も用意しなくていいって言っただろ。ここで全部揃えればいいから」

何そのどっかの映画みたいな着せ替えごっこ。あれ、そういう意味だったの⁉

レセプションのお姉さんはにこやかに私たちを迎え入れ、社長は常連なのか、親しげに話している。私は待ってましたとばかりに奥に連行され、数人のお姉さんに取り囲まれた。服を脱がされ、とっくりと見分され、採寸され、一生縁がないであろうと思っていたハイブランドのお洋服たちを、これでもかとあてがわれる。

「これ、さすがにちょっと、派手じゃっ」

「あら、お客様のお顔立ちにぴったりですよ。あの上條様のお隣に立つんだから、これでも地味なくらい」

あっぷあっぷしている間に下着から何から全て取っ替えられ、ふたりがかりでヘアメイクを施される。

されるがまま身を委ねて出来上がったのは、どこから見てもイイ女の私。紅のドレープが幾重にも重なったワンピースは見た瞬間派手だと思ったけど、深みのある色味が思いのほか落ち着いて見えて、確かに私の顔立ちに映える。ヘアもメイクも華やかだけどうるさくないちょうどいいところを攻めていて、さすがプロだと感心する。

全身でいくらかかっているのかは、怖くて想像したくない。

お姉さんたちに促されてウェイティングスペースへ行くと、慣れた様子でシャンパン片手に寛いでいた社長は、私をひと目見て満足そうに頷いた。

「似合ってる」

「ありがとうございます……」

素直に褒められると異様に照れ臭い。私の様子を見守るお姉さんたちの視線が、なんだか微笑ましいのが痛い。

ぬっくぬくのコートを羽織らされ外に出ると、すでに陽は落ち切っていた。都心はどこもクリスマス仕様で、キラキラしたイルミネーションを横目に、車は街中をひた走る。やがてたどり着いたのは、最近オープンしたばかりの外資系の超高級ホテルだった。

うわ、とみっともなく漏れそうになった声を呑み込んだ。私ひとりでは一生縁のないところだ。雑誌を見て、いつかは泊まってみたいと妄想したことは、何度もあったけど。

エントランスに車が停まると、社長が先に降りた。慌てて私も降りようとすると、先回りした社長がドアを開け、手を差し出してくる。滑らかなエスコートにドキドキしながら身を任せ、ドアマンに促されるままホテルに一歩踏み入れると、大きなクリスマスツリーがにぎやかに迎え入れてくれる。

コンシェルジュがすっと近寄ってきて、先頭に立って歩き始める。案内されたのは上層階のフレンチレストラン。本国で三ツ星を取ったシェフが海外に初出店したという店で、一年先まで予約が取れないと噂なのに。

個室に通されると、大きな窓から煌《きら》めく都心の夜景が一望できた。吸い込まれるように魅入られていると、苦笑気味に声がかけられる。

「気に入ったか？」

はっとして向き直ると、リラックスした様子の社長が真っすぐにこちらを見ていた。

「はい。その、なんていうか」

キラキラに飾り立てられて、高級ホテルの三ツ星レストランに案内されて。目の前には絶世の美男子が、麗しい微笑みを浮かべて座っている。

「夢みたいです……」

そう。まるで夢を見てるみたいだ。

シンデレラも真っ青の、女の子なら誰でも憧れるおとぎばなしのお姫様。

今日の社長は優しくて、仕事の話は一切しなかった。次々に供される目にも美しい美味しい料理、社長がチョイスするお酒は一杯いくらか見当もつかないシャンパンやワイン。

夢の中に溺れていく。楽しくて楽しくて、頭の芯まで酔いしれていく。

だけど、食事が進むにつれ、次第に心の片隅に現実が顔を覗かせてきた。

社長は今、一体どんな気持ちでいるのか。私をどんな相手と捉えているのか。一度その考えが浮かび上がると、どんどん不安な気持ちが芽生えていった。

社長がいつも相手にしているご令嬢たちならば、この夢の空間を素直に喜んで楽しめばいいだけだろう。その流れに乗って身体の関係を楽しんだって、痛手を被ることはない。

でも私は秘書である。これからもずっと相棒として仕事をしていきたいのだ。そんな相手と生半可な覚悟で関係を持つなんてもってのほかだし、何より私にもプライドがある。自分のことを真剣に考えてくれる人以外と、そんな関係になりたくない。

ちょっと一度冷静になろうと、食事の終盤になってお手洗いに立った。鏡に映る自分は赤みを帯びた頬に潤んだ目と、もういろいろバッチリな状態に仕上がっている。

これはまずい、流されるなよと、自分に言い聞かせながら深呼吸した。もし、なんの決定的な言葉もなく、部屋になだれ込むような事態になったら、きっぱり断らねば。

少し落ち着いたところで席に戻ると、すぐにデザートが運ばれてくる。お腹はもういっぱいだったけど、このレストランのスペシャリテだというほろ苦いチョコレートを使ったケーキは、添えられたジェラートやフルーツと相まって、この世のものとは思えない美味しさだった。ぺろりと平らげて、食後の紅茶まで堪能する。

「満足できた？」

ひと足先に食べ終わった社長が、ゆったりとした声音で聞いてくる。

「はい。もうお腹いっぱいです。とっても美味しかった」

「それはよかった」

微笑むその姿にまた夢の世界に引き込まれそうになる。

「俺はまだちょっと飲み足りないけど。まあ、運ばせればいいか」

ちらりと腕時計を確認してから、当然のような顔をして言った。

「上に部屋を取ってある。行こうか」

来た。この上はもう最上階しかない。

スイートルームと麗しい笑顔の誘惑に、別に一夜限りの遊びでもいいんじゃないかと流されてしまいそうな自分を叱咤《しった》して、ぐっとお腹に力を込める。

「ひとつ、お聞きしたいのですが。社長は、その、私のことをどうお考えですか？」

「どう、って?」

不思議そうに問いかけてくる視線に負けそうになるけれど、ここで引いたら絶対後悔する。

どんな簡単なひと言でもいい。私との今後のことを、きちんと考えていることがわかるような言葉を聞きたい。せめて、私のことをどう思っているか、それだけでも聞くことができれば。

「その。私のことを、その……」

「うん?」

自然と、顔がうつむいていく。それでも勇気を振り絞って、震えそうになる声で訊いた。

「好き、ですか……?」

言った。言ってしまった。

恥ずかしくてそのまま目を閉じる。

そんな私の耳に聞こえてきたのは、社長の妙に冷静な声だった。

「好きって。ガキじゃあるまいし」

その言葉を聞いた瞬間、私の頭の中で何かがガラガラと崩れた。

思わずばんっと立ち上がる。椅子がけたたましい音を立てて倒れたけど、そんなの気にしちゃいられない。

「帰ります」

呆気に取られたように目を丸くする社長を一瞥して、さっさとその場から立ち去る。

個室の扉を開けると、心配そうな顔をしたコンシェルジュが控えていた。帰るとひと言言い置いて、一目散にエレベーターにダッシュする。

「おい、ちょっと待てっ……」

遠く後ろから社長の声が聞こえてきたけど、構うものか。ちょうどタイミングよく停まっていたエレベーターに乗り込むと、閉のボタンを連打して、社長が来る前に扉を閉めることに成功した。

ピカピカ光るクリスマスツリーに別れを告げ、ひとり早足でホテルから出る。

コートを着ていないことも、財布も携帯も着替えた時に車に置いてきたことも気づいていたけど、とにかくここから離れたかった。すぐに足が痛くなってきて、履きなれない新品のヒールを心底恨めしいと思う。

ホテルから真っすぐ進んで、噴水が並ぶ並木道をずんずん歩く。噴水の水は止まったまま、辺りはさっきと打って変わって控えめな街灯がついているだけ。

社長にはすぐに追いつかれた。これで放っておかれたらそれはそれで嫌だけど、追ってこられても胸のむかむかは収まらない。

「ちょっと、何を怒ってんだよ。俺なんかしたか？」

「ご自分の胸に手を当ててお考えになっては」

社長は私の後ろから、訳がわからないという風に話しかけてくる。

「途中まですごい楽しそうだったろうが」

「大変楽しませてもらいました。本日かかった経費は全てお支払いしますので、後日ご請求ください」

「そんな話してないだろ。何が不満だ？　女ってこういうのが好きなんだろ？」

聞き捨てならないセリフを吐いた。すぐ真後ろにいた社長に向き直ると、背伸びをして睨みつける。

「社長はなんにもわかってない。女っていうひとつのカテゴリーでくくらないでください。社長の火遊びの相手と一緒にしないで」

「火遊びって……」

「生憎《あいにく》私はガキなんです。好きっていう気持ちが何より重要なんです」

話している間にどんどん気持ちが昂《たかぶ》って、涙がこぼれそうになる。

「割り切った関係とか無理なんです。私は、私はっ」

見た目で持たれる印象とは違って、大人のお姉さんにはなれない。

青臭いと笑われても、愛情のない関係は嫌だ。

「好きな人に好きになってほしいんですっ……」

ぽろりと涙が伝うのがわかって咄嗟に顔を背けた。

そのまま立ち去ろうとした私の手を社長がつかもうとしたので、思いっきり振りほどく。

「触らないで！」

「待てって」

なおも引き寄せようとする社長に抗って身をよじると、ちょっとした揉み合いになった。無理やり抜け出そうとしたらよろめいて身体が傾ぐ。

真新しいヒールが、一番端、正面に当たる大きな噴水の淵《ふち》の縁石にひっかかった。

バランスが保てずに水面が近づいてくる。

まずい、落ちる……。

思わず目を閉じた私を、社長がぐいっと引っ張った。待っていたのは水の冷たさではなくお尻から地面に衝突する痛みで、だけど同時にばっしゃーんと派手に水が跳ねる音がして。

恐る恐る目を開けると、縁石の外に投げ出された私と同じ目線で、噴水の中で膝を立てて座り込む社長がいた。

「しゃ、社長、大丈夫ですか？」

さすがに真っ青になって、慌てて縁石の上に歩み寄る。社長は瞬きもせずこちらを見ていた。

まずい、これは本気で怒らせた？

「すみませ――」

「俺は今まで女に好きだなんて言ったことがない」

「は？」

いきなりのゲス発言が飛び出して、差し出そうとした手の動きが止まる。こんな格好でいきなり何を言いだすのか。

「というより誰かを好きだと思ったことがないのかもしれない。好きという言葉の定義がいまいちわからん」

社長は至って真剣だ。自分の中の考えをちゃんと言葉に紡ごうと、必死に考えているように見える。

「女を抱きたいと思った時は、声をかければついてきたし。あっちもちやほやしとけば満足そうだったし」

「最低です、社長……」

「恋愛関係なんてそんなもんなんだろうと思ってたけど」

社長の視線が真っすぐに、私の視線を捉えた。その痛いほど真摯な眼差しから、目が逸らせない。

「お前が隣にいると安心する。帰りを待っていてほしいと思う。笑っているのを見ると嬉しくなるし、もっと笑わせたいと思う」

重ねられる言葉に、胸の中が熱くなって、優しい気持ちでどんどん満たされていく。

「できるならこれから先も、そばにいてほしいと思う。……そういう感情を、好きって言っていいんなら」

また、目から涙がこぼれ落ちた。

でもさっきとは全く違う、とても温かい、優しい涙。

「里香。……お前が好きだ」

どっと感情が決壊して、次から次へと涙が溢れてくる。

ぼろっぼろに泣き崩れる私を見て、社長が困った顔をする。

「返事は？」

「わ、私も、おんなじ……」

ぐしゃぐしゃの顔で泣きながら、それでもきちんと答えなきゃと、必死の思いで笑顔を作る。

「社長が好きです」

そう言った瞬間の、社長の幸せそうな微笑みが、あまりにもまぶしすぎて、涙が一気に引っ込んだ。

社長の手が、私の頬に伸びてくる。触れられる予感に、目を閉じようとした、その瞬間。

プシューという音とともに、ぱっと辺りが明るくなった。

「つっめてっ」

社長の小さな悲鳴に目を開ける。

止まっていたはずの噴水から勢いよく水が噴き出して、社長の真上からシャワーのごとく降り注いでいた。

「うわ、早く、早く出て！」

慌てて噴水から引っ張り出すも、あとの祭り。社長は全身びしょ濡れで、十二月の夜空の下で、髪から水を滴《したた》らせている。

「時間が来たら、動きだす仕組みみたいですね……」

並んだ噴水から一斉に水が流れて、水面から電飾がキラキラと輝く様は、とても綺麗だったけど。

お互いの姿を見合って、同時に吹き出した。

「社長、すごい格好」

「お前も、ひどい顔してるぞ」

くすくすひとしきり笑い合って、ふっと笑いが途切れる。

優しい目をした社長が、今度こそ、私の身体を引き寄せて、顔を近づけてきた。社長の髪から滴った雫《しずく》が、頬に落ちる。

「冷たい」

「ちょっとぐらい我慢しろよ」

そっと唇が重なった。柔らかな感触が心地よくて、触れ合う場所から私と社長の境目がわからなくなるくらい、溶け合っていく。

社長の動きに誘われて、少し口を開けた。キスが深くなる、そんな予感を抱いたその時……。

「へっくしゅ」

社長が顔を背けてくしゃみをした。鼻をこすりながらそっぽを向く。

「今日はしまんねえなあ」

照れたような、その表情も愛おしくて。

「戻りましょうか」

笑いながら言うと、社長も少しおどけた顔で言う。

「ホテルでいいの?」

「はい」

またくすくす笑いながら、差し出された手を取った。

今度はふたり、隣に並んで、噴水の光に明るく照らされながら、手を繋いで歩いて戻る。

帰ってきた私たちを見て、駆けつけてきたコンシェルジュも、ドアマンもフロントも、皆一様に目を丸くした。一体何があったのかと聞きたそうな表情に曖昧な笑みでごまかして、すぐに部屋に引き上げる。

通された部屋は、それはそれは見事だった。広々としたリビングルームにダイニングルーム、大きなベッドが鎮座したベッドルーム。美しい調度品が空間を彩り、全ての部屋から都心のまばゆい夜景を望むことができる。リビングルームの片隅には、アンティークのオーナメントで可愛く飾り付けられた、背の高いクリスマスツリーが飾られていた。

部屋に着くとすぐに社長は、「適当に寛いでて」と言い捨てて、バスルームに飛び込んだ。私はなんだか所在なくて、とりあえず発見した大判のストールを身体に巻き付けると、大きすぎるソファの片隅に腰かける。

すると部屋のチャイムが鳴って、出てみるとシャンパンとフルーツ、小さなショコラの盛り合わせとともに、さっきのコンシェルジュがホットワインを差し入れてくれた。「どうぞお風邪など召されませんように」と温かい言葉をもらってほっこりする。

またソファの隅に戻って、少し甘めのホットワインをすすりながら窓の外の景色を眺めていると、寒さで縮こまっていた身体が徐々にほぐれてきた。それと同時に、これからのことに思考が及んで、カップを持つ手に力がこもる。

する、よね、今から。この流れだと、確実に。

嫌じゃない、嫌なわけがない、むしろ嬉しい。でも、一抹の不安が付きまとうのも本音で。

この外見から誤解されがちだけど、私の恋愛経験は決して豊富じゃない。今まで付き合ったことがあるのはふたりだけ。しかもひとりは高校生の時にキスだけして別れた、完全にプラトニックな関係。男女の関係を持ったのは大学の時に付き合った彼だけで、しかも就職して早々に別れたので、都合五年近く、そういうことはご無沙汰で。うまくできる自信がない。そもそもあまりそういう方面は得意じゃない。おそらくそういう方面は百戦錬磨の社長に、満足してもらえる自信は一切ない。つまらなすぎて呆れられたらどうしよう。

ひとり悶々《もんもん》と考え込んでいると、バスルームの扉が開いた。瞬時に緊張して、背筋がピンと伸びる。

「なんでそんな隅っこに座ってんの？」

「ちょっと、広すぎて落ち着きませんで……」

バスローブを羽織って濡れ髪をタオルで拭いている姿は、今の私には目に毒だった。あまりに刺激的すぎて、直視できない。

「お前もシャワー浴びてくれば」という社長の言葉にありがたく従って、バスルームに逃げ込んだ。

大理石の広い空間からも夜景を堪能できるようになっていて、心の余裕があればお湯を張ってゆっくりしたいところだけど、生憎今は余裕なんてない。

手早く、かつできる限り念入りに身体を洗う。本当は髪も洗いたかったけど、乾かす時間が惜しくて諦めた。昨日、エステの予約をキャンセルしないで、本当によかったと思う。

バスローブの下に下着を着けるべきかなんて、お前は処女かと突っ込みたくなるようなことで悩んで、結局上下どちらも身に着けて出た。せっかくお姉さんたちが選んでくれたし。

社長はすでにシャンパンを開けて、優雅に寛いでいた。私と違ってこの部屋にも違和感なく馴染《なじ》み、圧倒的な存在感を放っている。

「お前も飲む？」

「はい。いただきます」

手慣れた仕草でシャンパンを注ぎ、渡してくれる。

グラスを受け取った私が、結局またソファの端っこに位置を取ると、呆れた顔を向けられた。

「遠くね？」

ですよね。

ずりずりと、身体ひとつ分、近づく。

それでも社長は気に入らなかったのか、無言で催促された。もうひとつ分近づくけど、ダメ、これが限界。これ以上は緊張する。

社長は微妙に空いた空間をなんとも言えない顔で眺めていたけど、「まあいっか」と呟いて、グラスを掲げた。

「改めて。乾杯」

カツン、と軽くグラスを触れ合わせる。シャンパンがしゅわしゅわと泡立ちながら喉元を下りていって、少し緊張が和らいだ。

社長の手が伸びてきて、下ろしていた髪に触れた。すぐに緊張が戻ってきて、肩に力が入る。

社長の身体が空いた隙間を埋めるように近づいてくる。包み込むように腕を回され、頭越しに息遣いが感じられるまで抱き寄せられたところで、緊張がマックスに達した。

「あのっ」

上ずった私の声に、心得ているように社長がすっと身を離した。

「言いたいことがあるなら言って。できる限り誠実に対処する」

面倒がられるかと思ったけど、社長は嫌な顔はせずそう促してくれた。それに背中を押されて、思い切って打ち明ける。

「実は、ですね、私……ものっすごく、その、久しぶりでして！」

「はあ」

「就職してすぐに別れて以来、彼氏もいなくて。経験人数も、その別れた彼氏とだけでして……」

社長は一度相槌を打ったきり、黙って聞いていた。その無言に耐えられず、どんどん顔がうつむいていく。

「だから、あんまり……満足していただける自信がありません……」

最後は蚊の鳴くような声でフェードアウトする。無言の社長がどんな顔をしてるのか怖くて、顔を上げられない。

「お前は……仕事してない時は、意外と見掛け倒しだな」

ずきーんと来た。全くもってその通りだから反論できない。

「悪い。今の言い方はよくなかった。謝る」

それから何かを考えるように、少し間が空く。

「俺は別に、久しぶりだろうが慣れてなかろうが、どうでもいい」

「社長……」

「しゃちょー?」

少し呆れ気味の声で社長が返す。

「どっちかというとそっちのほうが問題だな。お前は、俺にとってのなんだ?」

「何って」

「秘書とか言うなよ?　笑えない」

何って。何って、それは、その。

「恋人だろ?」

ぶわりと顔に血が上る。やばい、すごく嬉しい。

「とりあえず社長って呼ぶのはやめろ。敬語も禁止。ちゃんと名前で呼ぶこと。はい、どうぞ」

「え、えと、その、あの……」

そんないきなり、名前で呼べなんて言われても、心の準備ができてない。

真っ赤な顔でしどろもどろになる私を、社長はソファにもたれて楽しそうに見ていたけど、そのうちしびれを切らしたのか手を伸ばしてきた。

「里香」

頬に手を当て、うつむいていた顔をそっと上向ける。

「こっち見て」

最後の抵抗で伏せていた目をゆっくり持ち上げると、優しく微笑む社長がいた。

「呼んでみな?」

その目が、声が、甘く促す。

私は辛うじて届くくらいの小さな声で、囁《ささや》いた。

「……東吾」

「よくできました」

笑いながら、社長の……東吾の顔が近づいてくる。

キスされるのかと思ったら、こつんと額がぶつかった。

至近距離で、見つめ合う。

「俺が、初めて好きになった女なんだから。自信持てよ」

そんなセリフを言われたら、嬉しすぎて息ができなくなる。

今度こそ唇が重なって、本領発揮とばかりに深く貪られた。私は必死で受け止めようとするけれど、身体中から力が抜けて、途中から東吾の腕にしがみついていた。

唇が離れていく頃には、完全に腰砕けになって、荒く呼吸を繰り返すばかり。

「キスだけでそんな顔できるんなら、この先も期待大だな」

「いくぞ」と囁いて私を横抱きに持ち上げる。私はされるがまま、東吾の首にぎゅっとしがみついた。

それから東吾は、時間をかけて丁寧に、私の身体を暴いていった。慈しむように触れて、愛おしむように隅々まで口づけて。

私はといえば、どこにこんな熱情を隠し持っていたんだろうと思うくらい、乱れに乱れた。今まで味わったことのない感覚に翻弄されて、怖くなってしまうほどで。

東吾が最後に満足げな息を吐いた頃には、私は疲れ果てて、半分意識がなくなっていた。

ぐったりとした私の身体を抱き込んで、愛おしげに髪を撫でるその仕草が、たまらなく気持ちよくて。

「とーご……」

「ん？」

気だるい空気に包まれて、とろとろと、眠気が襲ってくる。

「すき……」

身体が揺れる気配で、微かに笑ったのがわかった。私を抱きしめる腕に力がこもって、また口づけが降ってくる。

東吾の体温に包まれて、私はうっとりと、眠りについた。それはとても幸せで、温かな眠りだった。

そして、この幸せがこの先もずっと続くのだろうと、なんの疑いもなく信じていた。

令嬢の襲来

東吾と付き合い始めて、二か月が過ぎた。まだまだ寒さは続くけれど、三月初めの日差しは確実に暖かなものに変わってきていた。

少年たちの歓声に混ざって、カキーンとバットがボールを見事捉える音が、風に乗って聞こえてくる。

もこもこのニットカーデに包まり、ベランダでビールを傾けていると、リビングの窓が開いてふわりと暖気が流れてきた。

「うわ、さっみー」と呟きながら、こちらもラフなニットに身を包んだ東吾がビール片手に隣に並ぶ。

「こんな寒いのによくやるよなあ。子供は風の子っていうけど」

「若いってすごいよねえ。元気をもらえるっていうか」

「立派なおばさんの発言だな」

うるさーい、とふざけて軽く足を蹴ると、お返しにヘッドロックをくらった。ギブギブと腕を叩くと、笑いながらその腕を解いて、ついでに額を軽く唇が掠めていく。

今日は丸一日時間が空いたので、久しぶりに思いっきり怠惰に過ごそうと、東吾の部屋に籠もっていた。新年度に向けてまたストレスフルな生活が始まったので、休める時には休もうというのがふたりの共通の意見。

東吾の家は日当たりがよくて、リビングでごろごろするのは最高に気持ちよかった。適当なＤＶＤを流しながら、朝っぱらからビールを空け、時折ソファの上で戯れ合う。

簡単に昼食をとると、ここ最近にしては珍しくあまりに天気がいいものだから、散歩がてら近所のスーパーに買い出しに出掛けることにした。今日の夕飯は、私がお取り寄せした寄せ鍋を、ふたりで作る予定。

超絶お金持ちのはずの東吾は、庶民の味にも一切抵抗はないらしい。むしろ普段の食事は質素で、スーパーにも普通に行くし、時間のある時は自炊しているというから驚いた。

「だって俺、小学生の時までは筋金入りの貧乏だったもん」

ふたりで過ごすようになって、時折語られる東吾の過去は、人によっては悲惨に感じられるかもしれないけど、当の本人は至って飄々《ひょうひょう》としていた。

「父親が誰かなんて知らなかったしな。母親も働いてたけど病気がちだったし、電気とかガスとか止まったこともあったし。どうにかこうにか日々送ってたって感じ」

それでも、実のお母さんの話をする東吾は、いつもうっすら微笑んでいた。幼い頃の記憶を辿《たど》るのは、東吾にとって幸せな作業なんだと思う。

「上條の家に引き取られて、生活は百八十度変わったけど、変わって嬉しいと思うことはほとんどなかった。ずっと引きこもって勉強ばかりしてた。周りからもそれを求められてたし」

上條の家は、東吾を望んで受け入れたようには到底思えなかった。どんな事情があって彼が上條東吾を名乗ることになったのか、深くは聞けなかったけど。

今は時候の挨拶程度でしか、本邸には足を踏み入れないという。まだ自室は残っているようだし、あちらに住むほうが何かと利便性がいい気がするのだけど。

「あそこは俺の家じゃないから」

上條邸は東吾を囲う檻《おり》のようなものなんじゃないだろうか、と思った。

だからひとりで住む部屋には、このお日様の香りがする部屋を選んだんじゃないかと思う。

自然の風と、住んでいる人たちの息遣いを感じられる部屋。

スーパーに着くと、東吾は自然な仕草でカートを押して、早速白菜を吟味し始めた。

初めてその光景を見た時は、東吾のこの場にそぐわない高級スーツ姿に、違和感ありありだったけど、あまりに普通にしているのですぐに見慣れた。頻繁に出没するから か周りも特に気にすることもなく、お節介そうなおばちゃんの店員に話しかけられたりしていた。

料理中に摘まめるようなものを見繕ってカゴに入れ、卵やら牛乳やらの細々としたものを買い込むと、なかなかな量の荷物になった。ふたりで手分けして袋に詰め、片手は繋いで、もう片手にはスーパーの袋をぶら下げてのんびりと川沿いを歩く。まだまだ寒いけれど、道端を見れば、うっすらと緑が芽吹いているのがわかる。春の訪れが、すぐそこまで近づいている気配がした。

リッチなレストランやホテルもいいけれど、こういう日常の延長のようなデートが、私たちには心地よかった。

新しいビールを開けてふたりで広いキッチンに立ち、あーだこーだ言いながら鍋の用意をする。料理の腕はお互い似たようなもので、かえって気を使わずに済んだ。そのくせ野菜の切り方に変なこだわりを見せる東吾に、茶々を入れたりして。

お腹いっぱいになって、気持ちよく酔っぱらって、そのままベッドになだれ込む。回数を重ねるごとに、東吾は私の身体を開発していって、私も彼のやり方にすっかり馴染んで、気構えることもなくなった。東吾の腕の中は、どこよりも安心して、自分をさらけ出せる場所になった。

ふたりで寄り添う、そんな日々は、間違いなく幸せの絶頂だった。

新年度が始まって、人も会社も新たに動きだした、ある日のこと。

不意の来客を告げると、東吾は不思議そうに首を捻った。

「東京国際銀行の、梶浦《かじうら》頭取?」

「はい。確かにそう名乗ってらっしゃいますが」

「アポはなかったよな?」

「先方もそこは恐縮されてます。なんでも近くでご用事があって、ついでにお寄りになったとか。手が空いてなければすぐに帰るとおっしゃっているようですが」

東吾がちらりと時計を確認する。

「次の予定は?」

「四時から会議です。一時間ほどなら問題ありません」

「お通ししろ。失礼のないように」

すぐに受付に連絡を入れる。案内するように指示して、エレベーターホールに向かった。

それにしても、東京国際銀行の頭取が、一体なんの用だろう。うちとは取引はないはずだ。先日、経団連主催のレセプションで挨拶はしていたようだけど、当たり障りのないものだったように思う。現に東吾も、なぜ頭取が訪ねてきたのか、心当たりは全くない素振りだった。

待ち構えていると、表示が上昇してきて、ピン、という音とともに扉が開いた。出てきたのは、案内に出てくれた茉奈ちゃんに続いて、見覚えのある温厚な面立ちの壮年の男性と、もうひとり。

ぱっちりとした目が印象的な、華やかな笑顔を浮かべた、若く綺麗な女性だった。

「梶浦　雅《みやび》、二十六歳。青蘭《せいらん》女学院、明成《めいせい》大学経済学部卒業後、米国のビジネススクールに留学して経営を学ぶ。帰国後は父親である梶浦　忠《ただし》氏について学びながら、兄の収《おさむ》氏のサポートも行う。趣味はバイオリン。幼少時から習っていたその腕前は玄人はだしで、大きな国際コンクールで受賞経験あり。社交界では留学時に培った語学力で外国の要人とも流暢《りゅうちょう》に話し――」

「お願いやめて。もうやめて」

「超、超！　超‼　手強いライバル現るって感じですね！」

どうやって調べてきたのか、梶浦頭取のご令嬢の情報をマシンガンのごとくぶちまける茉奈ちゃんは、なぜかとてもハイテンションだった。

「燃えますね、里香さん！　絶対負けちゃダメですよ！」

「負けるも何も、ただ一緒にご挨拶に来ただけ……」

「それ、本気で言ってます？　見たでしょう、あの社長を見つめる目！　完全にロックオンしてたじゃないですか」

確かに、ご令嬢の東吾を見る目は大変わかりやすかった。自分をアピールするように、積極的に話しかけていたようだったし。

結局梶浦頭取のご来訪は、ただの挨拶以外の何物でもなかった。簡単に談笑して、ついでにお土産をいただいただけ。でもその目的は、誰が見ても明らかだった。……ご令嬢の雅さんを、東吾に紹介すること。

そういえば、先日の経団連のレセプションで頭取は雅さんを伴っていた。あの時に東吾を見初めたのであれば、タイミングとしてはバッチリ合う。

「私は断然里香さん派ですから。シンデレラドリームは本当にあるってことを実証してもらわないと！」

ひとりで「頑張れー、おー！」と盛り上がっている茉奈ちゃんは放っておいて、自販機でコーヒーを選ぶ。なんだか甘いものが飲みたい気分なので、ミルクとお砂糖マシマシにしてみよう。

ここ数日、東吾が出張で社を空けているので、比較的のんびりした日々を過ごしている。こんな風に休憩室で茉奈ちゃんとお喋りするのも、そういえば久々だ。

ちなみに、秘書室の人間は全員、私と東吾の関係を知っている、と、思う。

もちろん、私たちには社の人間には隠しておくべきだという共通の認識があった。社長と秘書という間柄で恋愛関係になれば、公私混同だと非難されるのは明らかだったし、人によっては愛人だのなんだのと、おかしな目で見てくる可能性もあるからだ。仕事の場にプライベートを持ち込む気なんてさらさらなかったし、実際持ち込んでいられるほど暇でもなかったけど、面倒ごとは事前に回避するに限る。

それがなぜバレたのか。答えは簡単、東吾が秘書室で私を名前で呼んだから。

あの日は朝から過密スケジュールだったのに、さらに来客予定がずれ込んで、バタバタだった。あげくチェックしたはずの会議資料にミスが発覚して、必死になって作り直していた時。

秘書室で作業していた私を、急ぎ足で飛び込んできた東吾が呼ぶ。

「里香！」

資料のことで頭がいっぱいだった私は、なんの違和感もなくそちらを向く。

「社名が一文字、直ってない」

嘘、あんなに確認したのに。

それでも東吾が示した場所は確かに一文字、荻《おぎ》が萩《はぎ》になっていた。よくある間違いなのに、と思わず額を押さえる。

「すみません、見逃してました」

「いや、俺も確認したのに気づかなかった。今日はいつもより慎重にいこう」

「はい……」

落ち着こうとふーっと息を吐いた、その時、なんだか妙に周りが静かなのが気になった。

資料から目を上げると、秘書室にいた人間が全員、手を止めてこちらを見ている。

え、何、と思った瞬間、さっきの東吾の声が脳裏に蘇る。

そういえば、今、思いっきり名前で呼んだ……？

はっとして東吾を見ると、彼もこの不自然な沈黙で我に返ったのか、「あっ」と間抜けな声を出して私と顔を見合わせる。

もう一度秘書室の面々を見渡すと、さっきは気がつかなかった、なまぬるーい空気を感じる。

あれ、これは、ちょっとまずいのでは。

「あー、えー、あれ？」

ごまかす言い訳も思いつかず、にわかに焦る私を横目で見て、東吾はコホン、とひとつ咳払いをした。その場にいる全員の視線が東吾に向けられる。

「おそらく、君たちが想像していることは合っている。だが、私は公私混同するつもりは一切ない。もし何か異議がある者は、私に直接言ってほしい。……が、できれば各々胸の内に秘めておいてもらえるとありがたい」

それだけ言うと、「じゃあ後はよろしく」とさっさと部屋を出ていってしまった。

取り残された私は、一身に視線を集めて、いたたまれないことこの上ない。

秘書室最年長の美智《みち》さんが近づいてきて、私の両肩に手を置いた。

「資料、急いでるんでしょ。頑張って」

「はい……」

いいよいいよ、何もかもわかってるから。

全てお見通しと言わんばかりに、にいっと目を細めて、ぽんぽんと肩を叩いて立ち去っていった。そのあとも部屋にいる間中、私がぬるい視線にさらされ続けたことは言うまでもない。

その後、私と東吾が付き合っていることは、自然と公然の秘密となった。どこまで広がっているのかわからないけど、なんとなく、開発とか営業の一部にもバレている気がする。しかもみんな、別に驚くこともなく、まるで最初から知っていたみたいに受け入れていた。

「里香さんと一緒にいる時の社長の態度を見てたら、なんとなくわかりますって」

エスプレッソのカップを持った茉奈ちゃんが、したり顔で隣に座る。

「里香さんと一緒だとリラックスしてるし、たまにやっさし一目で里香さんのこと見てるし。社長、最初はすっごく怖かったけど、里香さんと同じ部屋で仕事するようになったくらいから、どんどん雰囲気が柔らかくなっていったじゃないですか。今じゃ別人ですよ。素っ気ないけど睨んでこないもん」

まだそのレベルなのね、とちょっと笑ってしまった。

社長の顔の東吾は相変わらず不愛想だ。本人の気質もあるけど、ほかの重役たちに下に見られないように、あえて高圧的にしてる部分も、多分にあると思う。

「付き合ってるって知ってても、みんな好意的ですよ。社長も里香さんも仕事中は馬車馬みたいに働いてるの知ってますし。一緒の部屋でも、別に乳繰り合ってるわけでもなし……ないですよね？」

「ないです、絶対ないです」

その言葉選びは女の子としてどうなのか、と思ったけど、口には出さないでおいた。茉奈ちゃんの発言はたまに、なぜか昭和の匂いがする。

まあ、そんな感じで周囲は前向きに受け止めてくれているし、吹聴《ふいちょう》して回るような人間もいなかったので、今のところ問題にはなっていない。そんなところへの、今回のご令嬢のご訪問。秘書室の面々の意外とミーハーな好奇心に火がついてしまったようで。

「秘書室一同、里香さんを全面バックアップしますから。頑張ってくださいね。ね！」

ありがたいのかどうなのか、なんだか頭が痛いような気がしてくるのだった。

それから雅さんは、ひとりで東吾に会いに来るようになった。しかもうまいこと理由をつけて、うざったくないギリギリの頻度で。あまりに堂々と訪れてくるので、梶浦頭取のご令嬢が東吾を狙っているという噂は瞬く間に会社中に広まった。

たまにお父様を伴うこともあり、相手が相手なので粗雑に扱うこともできず、東吾もできる限り対応している。面会のスケジュールを組む私は、そのたびに胃の中に石を押し込まれたような、キリキリとした気分を味わう。


久しぶりに東吾の休みが取れた日。

たまには外でデートでも、ということで、ふたりで映画を見に行った。スカッとするかと思ってアクションものを選んだけど、なんだかストーリーに集中できず、お昼を食べに行っても、大好物のうな重なのにテンションが上がらずで、結局早々に東吾の部屋に帰ってきてしまった。

ぼーっとしてしまう私を気遣って、東吾がコーヒーを淹れてくれた。柔らかいソファに沈み込んで、カップを受け取る。なんだか申し訳なくなって、自然と謝罪の言葉が漏れた。

「ごめん」

「何が」

「せっかくのお休みが台無し」

「台無しなんてことはないだろ。のんびりしろって神様が言ってんだよ」

隣に座った東吾の肩にもたれて、ゆっくりとコーヒーを飲んでいると、ようやく心が緩んできたような気がした。

お揃いで買ったそのカップは、焼きっぱなしの陶器のぽってりとした質感が、手にしっくり馴染む。

東吾の手が、私を胸に引き寄せて、肩を撫でた。

「ごめんな」

「何が」

「雅さんのこと」

「仕方ないよ。梶浦頭取には気に入られてたほうがいい」

会社のことを考えれば、梶浦頭取と面識を持てたことは大きな財産と言えるだろう。

東京国際銀行といえば、大手中の大手、梶浦頭取はやり手と評判だ。うちの会社だけではなく、上條グループ全体にとっても絶大な意味を持つはず。

そして、東吾本人にとってもまた、雅さんの存在は大きい。

社の中には、まだ東吾に反発する人も多い。

若さを理由に頭ごなしに否定してくる人、革新的な考えについてこられず、無意味に抗う人。ゆっくりと進めてはいるけれど、本格的な改革を前に問題はまだ山積みだ。

そんな中で、梶浦頭取の後ろ盾を得られれば、格段に仕事がやりやすくなるのは明らかな事実で。

正直、日々一緒に過ごすことに満足していて、将来のことなんて何も考えていなかった。プライベートの東吾はあまりにも庶民的すぎるので、上條の御曹司であることを忘れてしまいそうになる。それでも紛れもなくこの人は上條本家の次男で、いずれはグループの中枢を担うことになる、責任ある立場の人間なのだ。

ただの秘書と大銀行頭取の娘と、どちらが相応しいかなんて火を見るより明らか。身分の差、なんて今時ナンセンスな考え方だと思うけど、東吾の住む世界はそんな言葉が当たり前に存在するのだ。もしこのまま東吾と付き合い続けていくのなら、いずれは直面する問題で。

そんなこと、今はまだ考えずに、ただの恋人同士でいたい。

真剣に考えてしまったら――終わりが見えてきてしまいそうで、怖い。

そんな鬱屈した思考が透けて見えたのか、東吾があえて明るく笑う。

「社長とか上條とか、めんどくさいだけだよなあ」

内情を知らなければ傲慢にも思えるセリフだけど、今の私も心底そう思う。

「真木みたいな立場が羨ましい。替わってくれないかな」

「真木?」

唐突に出てきた名前に驚いて東吾の顔を見上げると、うん、と子供のように頷く。

「本当は俺、研究者になりたかったんだ。母親が病気で苦しそうなのを見て、なんとかしてやりたいなあっていつも思ってて。新薬の開発がしたくて、大学もそっちに進んで」

「経営を勉強したんじゃなかったの?」

「それは留学してから。俺の専攻は化学だよ。専門的な知識を持っていてもいいだろうってことで、卒業後に留学することを条件に、理系に進めたんだ。そのまま仕事も開発に回りたかったんだけど、それはさすがに許してもらえなかった」

それは知らなかった。経営者として優秀すぎて、そのイメージしか持ってなかった。

「真木と話してるとさ、学生時代を思い出すんだ。目の前の作業に没頭して、ただ自分の思考にだけ集中してると、ふっと何かが見えてくる感じ。楽しかったなあって」

多くの人間を相手にして、常に神経をすり減らしている今とは、全く違う。この人は、本当は他人と向き合うことがそんなには得意ではないのかもしれない、とふと思った。

「俺は結婚するなら里香とがいい」

また唐突に、なのにまるで当然の流れみたいに言うので、咄嗟に反応できなかった。

「まだそんな話、するつもりなかったけど。ずっと一緒にいるなら里香がいい。……里香は嫌？」

「嫌なわけないけど」

「まだ考えられないか」

東吾の口から結婚なんて言葉が出てくると思ってなくて、私はただ戸惑うばかりだった。そんな風に思ってくれているのはすごく嬉しい。嬉しいのに、純粋に喜ぶだけではいられない自分がいる。

「私の家、平凡な一般家庭だよ？　父親はサラリーマンで」

「結婚するのにそれ重要？」

「東吾には重要でしょ」

「結婚相手に仕事上の利益を求めてる時点で経営者として情けないだろ。俺は自分の才覚だけでのし上がっていくんだよ」

ふふんと不遜に鼻で笑って、それから優しく、私に微笑む。

「俺はそう思ってるってこと、伝えたかったんだ。まだ真剣に考えなくていいけど、頭の片隅に少しだけ、留めておいてくれると嬉しい」

「うん」とただ頷いて、抱きつき返すことしか、私にはできなかった。

六月ももう終わりなのに、私の心と同じように鬱々とした天気が続いていた。東吾は相変わらず忙しい。最近は地方の工場に視察に行くことが増えて、会社を空けることが多かった。

今回は開発の西《にし》主任が同行して、東吾はついでにひとり残って関連会社に挨拶をしてくるらしい。出張の時は基本的に私は同行せずに、留守を任せられることが多いので、必然的に会えない時間が多くなる。

仕事中はもちろんプライベートな話はしないし、むしろ事務的で淡々とした雰囲気だけど、それでも同じ部屋で息遣いを感じられるだけで、心は安定するものだ。ふとした拍子にお互い気が緩んで、一緒にお茶を飲む時間もまた楽しい。そんな時間を思い返しては、社長室の隣にある本来のデスクでひとり黙々と作業をこなす日々は、寂しい。

いっそのこと秘書室に仕事を持ち込もうかな、とまで考えたところで、電話が鳴った。脊髄反射レベルで染みついているため、ワンコールで受話器を取ると、今一番聞きたくなかった声が響いた。

『梶浦です。こんにちは』

ずん、とまたみぞおちの辺りが重みを増す。その重苦しさを悟られないように、努めて冷静な声を出す。

「申し訳ありません。上條はただ今出張中でして」

『知ってるわ。本人に聞いたもの』

だったら一体なんの用だ。本人に、とわざわざ強調したことに苛立ちを覚える。

『今日は、あなたの予定を聞きたくて』

「……私の？」

『ええ』

訝《いぶか》しみ戸惑う私に対して、雅さんは電話の向こうで嫣然《えんぜん》と笑っているような気がした。

『一度、ふたりでお話ししてみたくて。会ってくれないかしら』

指定されたのは、老舗ホテルのティールームだった。家に来ていただいてもいいのだけど、という提案は即座に断った。そんな場所で正気を保っていられる自信はない。

名前を告げるとすぐに個室に通される。お嬢様はすでに到着していて、私が来るまで待っていてくれたのか、テーブルの上にはカトラリーが並んでいるだけだった。アンティークの上質なインテリアの中に違和感なく溶け込んで寛ぐ様は、さすが育ちのよさを感じさせる。

促されて雅さんの向かいに座ると、すぐにアフタヌーンティーのスタンドが運ばれてきた。

「そう硬くならないで。今日はお仕事じゃないんだから、どうぞお寛ぎになって」

くすくす笑いながら、控えていたバトラーに目配せする。お茶の種類がずらりと並んだメニューを渡されて、すぐに迷うのを諦めた私は、一番先頭に書いてあったオリジナルブレンドを頼んだ。

「里香さん、って呼んでいいかしら。私のことも、下の名前で呼んでくださいね」

「わかりました。雅、さん」

「東吾さんからいろいろお聞きしましたの。とっても優秀なんですって？」

この人から優秀、なんて言われると当てこすりのように感じる。いろいろ、とは一体何を聞いたのだろうか。東吾が私の話題を好んで出すとは思えないけど。

ふわりと紅茶のいい香りが漂ってきた。それぞれの前にカップを置くと、バトラーはまた部屋の片隅に引っ込み、影のように気配を消す。

「いただきましょう」と屈託なく目を輝かせて、雅さんはカップを口に運ぶ。

さすがは老舗ホテル、豪華で見るからに美味しそうなアフタヌーンティーだった。色とりどりのスイーツやサンドイッチ、温料理が美しく並び、焼きたてのスコーンからは、ほかほかと湯気が上っている。

「いろんなところのお茶をいただいたけど、日本ではここが一番。私、口に入れるものは絶対妥協したくないの」

食べ物だけではなく、身に着けるものでもなんでも、自分に関わるものにはこだわるタイプなんだろう。選び抜いたものしか、そばに寄せ付けたくないタイプ。

つやつやと光る真っすぐな黒髪、ハツラツとした印象の大きな目、すっきりとまとまった口と鼻。気品を漂わせながらも活発な印象を与える美貌は、それに相応しい上質なメイクと衣装に彩られている。こっちだって一応気合いを入れておしゃれしてきたわけだけど、雅さんに比べるといかにも頑張りました感が漏れ出ていて、なんだか我ながら滑稽だ。

「自分の人生も、私は絶対に妥協しない。ある程度レールに乗るのは仕方がないけれど、自分で選ぶべきものは自分の目で見て決める」

優雅な仕草でカップを口元に運んで、にっこりと微笑んだ。

「もちろん、生涯の伴侶もね」

その目の射るような強さに当てられて、自然と目線が下がる。

「私、実は以前にも東吾さんにお会いしたことがあるのよ。東吾さんは覚えていらっしゃらなかったけれど」

手が止まっていた私に「どうぞ召し上がって」と促しながら、自分はナイフとフォークで器用にサンドイッチを取り分けていた。サンドイッチって手で食べるもんじゃなかったのか。

「父が早くから東吾さんに目をかけていたの。何かのパーティーで引き合わせられたのだけど、その時の印象、あまりよくなかったのよね。誰に対しても同じ態度っていうか、なんて言えばいいかしら、真剣に応対されていない感じ？」

お嬢様のくせに鋭いな、と思った。以前の東吾の〝女なんてみんなこんなもん〟的考えを一度会っただけで見抜くとは。

「その時は、こんな人まっぴらだわ、と思ってすぐにお父様に釘を刺したわ。お父様は残念そうだったけど、私の性格をよく知っているから、もう東吾さんの話をすることはなくなった。だから先日のレセプションでは、そんな意図は全くなくて、本当に偶然にお会いしただけだったんだけど」

雅さんはカップを手に取ると、何かを思い返すように目を細める。

「雰囲気が全然違ってた。余裕があって、さりげないけどこちらへの気遣いが溢れていて。一体あれから何が起こったのかしらと思っていたけど」

すっと視線を私に戻すと、いたずらめいた笑みを浮かべる。

「あなたの影響なんですってね？」

何が言いたいのかわからなかった。ただの秘書ごときが図に乗るなと言いたいのなら不機嫌な態度になるだろうに、目の前のお嬢様は楽しそうに微笑んでいる。

「……そんな、私の影響なんて、滅相もない」

「謙遜しなくてもいいわよ。私、あなたに感謝してるんだから」

スコーンの入ったバスケットを差し出され、食欲なんて全然湧かなかったけど、仕方なくひとつ手に取った。手で割るとふんわりいい香りが漂う。

なんだこれ、すっごく美味しそう。

「あんなに素敵な男性に仕立ててくれて、お礼を申し上げたいくらい。今の彼なら文句ないわ。理想の伴侶として完璧」

自信に満ち溢れた目で、伴侶としての東吾を語る。

この人も、誰かと付き合うのに、〝好き〟だなんて稚拙な感情は必要としない人なんだろう。重要なのは、〝梶浦 雅〟という人間の隣に立てるだけの条件を備えているか否か。

「私も父も、上條グループにではなく、上條東吾という人間に期待をしてる。銀行という立場からもできる限りサポートするつもりよ。彼の隣でいずれは上條を動かしていくのかと思うと、わくわくするわ」

雅さんの……おそらくは梶浦頭取の頭の中にも、兄の真人さんが跡を継ぐという考えはさらさらないらしい。東吾の意思という存在すら、彼らの中にあるのかどうか。

口の渇きを感じて、カップを手に取り紅茶を口に含む。残念ながら、中身はすでに冷めてしまっていた。

「誤解しないでもらいたいんだけど、あなたに今すぐ東吾さんと別れてほしいとか、そんなことを言うつもりは全くないわ。私は私で東吾さんに選んでもらうために全力を尽くすし、あなたはあなたの思う通りに振る舞ってもらえればそれでいい。最終的に選ぶのは東吾さんだもの」

自信と傲慢、紙一重の笑みを浮かべて、雅さんが片手を差し出した。

「お互い、正々堂々、戦いましょ」

そっとその手を握ると、思いがけない強い力で握り返された。

冷めた紅茶の渋い苦みが、口の中でゆっくりと広がっていた。

地下鉄を降りて改札を抜けると、すぐ目の前にあるコンビニは品揃えが豊富で、私の御用達だ。

カゴをつかむと一目散にお酒が並ぶ冷蔵庫に向かい、目についた缶チューハイと大量のビールを片っ端から放り込む。おつまみコーナーでさきイカとチーズ鱈《たら》とビーフジャーキーを選び、レジ横のホットスナックコーナーを睨んで、チキンと焼き鳥と唐揚げと、なぜかまだ並んでいた季節外れのおでんを買った。

レジを待っている間に携帯を取り出して高速でメッセージを打ち、支払いを済ませると、両手にコンビニの袋をぶら下げて、ずんずん歩く。

点滅する青信号に突っ込んでギリギリ渡り切ると、入り口に溜まった自転車をすり抜けて、遊具で遊ぶ小学生たちを横目に公園の奥まで進んでいった。

やがてたどり着いた大きな池は周りが遊歩道になっていて、ベンチが点在している。そのひとつに荷物を置くと、目につくところに誰もいないことを確認して、池の淵ギリギリまで近づく。

大きく息を吸って、吠《ほ》えた。

「何が正々堂々だ、バカやろー！　ふざけるんじゃないわよ！」

よ、よ、よ……と、小さく声がこだました。

あーすっきりした。

ベンチに戻るとレモンのチューハイを開け、チキンが入った袋を破る。大きく口を開けてかぶりつくと、いかにも身体に悪そうな油が口の中に滴り落ちた。しばらく無心に貪り食べて、そのジャンクな美味しさを堪能する。誰がなんと言おうと、この美味しさを私は愛する。

一個全部食べ切って、チューハイで口の中の油を流し込むと、ようやくひと息ついた。べとつく手をレジのおばちゃんが大量に入れてくれたおしぼりで拭って、今度はチーズ鱈の袋を開ける。ちびちびとかじりながらチューハイを飲んでいると、心の中で渦巻いていた苛立ちがようやく落ち着いてきた。

誰もいない池は本当に静かで、離れた場所で遊ぶ子供たちの声だけが聞こえてくる。日中は、早くも夏を感じさせる太陽が、赤く染まって落ちかけていく。このくらいの時間になっても、ぬるりとした暑気が身体にまとわりついた。それでも、遊歩道には木が鬱蒼《うっそう》と生い茂っていて、ひんやりとした影を落としていた。

汗ばんでいた腕を風が撫でていく。少し肌寒さを感じて二の腕をさすっていると、後ろから呆れたような声が聞こえた。

「花見には遅すぎるんじゃねえの」

わざとらしくどかっと勢いをつけてベンチに座ると、置いてあったコンビニの袋を勝手に漁って、ビールの缶を開ける。

「あら真木君。どうしてこんなところに？」

「どっかの強引なお姉さんに呼び出されたからですね」

いきなり、しかも場所だけ送って呼びつけたので、もしかしたら来ないかもしれないと思っていた。少なくとも、こんな早く駆けつけてきてくれるとは。

「あんたまだ彼女いないの？」

「お前な、わざわざ来てやった人間に言うことか、それ」

真木は「あ、おでんだ」と嬉しそうに容器を出して、蓋の上で卵を割り始める。

「なんか久しぶりよね、ふたりで飲むの」

「当たり前だろ。社長の彼女をおいそれと誘えるか。今だってひやひやしてんだ。社長に睨まれて左遷とか、本気で嫌」

「安心して。東吾はあんたのこと愛してるから」

「何それ、なんの冗談？」

味の染み込んでそうないい色の卵を頬張って、「うめー」と一個百円の味に浸っている。こいつと一緒にご飯を食べると、なんでも二割増しに美味しく思える。

しばらく黙々と、買い込んだ食べ物たちを消費していった。チューハイとビールの缶が次々と空き、コンビニの袋に溜まっていく。さすがにあらかた食べ切った頃には、揚げ物の油で胃もたれがした。

新しくビールの缶を開けた真木が、静かに口を開く。

「で？　何があった？」

遠くから聞こえていた子供たちの声が、いつの間にか聞こえなくなっていた。陽が沈んで、辺りはもううっすら暗くなっている。

「宣戦布告された」

「お嬢様に？」

「そ」

私も残っていたチューハイにとどめをさして、ビールの缶に手を伸ばす。

「お礼を言われたわ。東吾を素敵な男性に育ててくれてありがとうって」

「なかなか強烈な人だな。ちょっと惚れそう」

驚きながらもおかしそうに笑っている。私も他人から聞いた話だったら楽しんでいたかもしれない。やるなぁお嬢様、と感心してしまうかも。

「かなり真剣みたいね。バカみたいに自信満々だし」

「そりゃあ大銀行の頭取がバックについてるからなあ。家柄は申し分ない」

真木は笑いながら続ける。

「頭いいしな。社交界慣れしてるし。経営にも明るいし。美人だし」

誰の目から見ても雅さんは東吾に相応しい。その現実を突きつけられる。

「文句のつけようがねえよなあ」

さきイカを摘まむ横顔を睨みつけると、そんな私の表情を見て真木は小さく肩をすくめた。

「だって仕方ねえじゃん。全部本当のことだし」

そうだとしても今ここで列挙しなくてもいいんじゃないだろうか。お前は一体誰の味方だ。

不貞腐れた私を見ながら、「でも」と真木は言葉を続けた。

「俺は佐倉里香も捨てたもんじゃないと思ってるよ」

そう言った声が妙に真面目に聞こえて、あおっていたビールの缶から口を離す。私を見る表情も、いつもよりも真剣だった。

「弱気になるなんて、らしくないだろ」

それからにっと口角を上げた。

「受けて立つんだろ？」

それ以外の選択肢なんてあり得ないだろとでも言いたげに。

その笑顔に、心の中でつかえていた何かが、ぽろりと転げ落ちたような気がした。

「当たり前でしょ」

考える間もなく口から滑り出た言葉に、背中を押される。

「ここで引いたら女がすたる。売られた喧嘩はきっちり買うわ」

「おー怖えー」

そう呟く真木の表情は、茶化しながらも、私の強気な発言に安心しているようにも見えた。

今、ようやく目が覚めた。私は一体何を弱気になっていたんだろう。

東吾はきちんと覚悟を決めて伝えてくれた。なのに私はそれに向き合わずに、雅さんの存在におびえて、今の幸せを失ってしまうことばかりに目がいって。ぐちぐちと勝手に落ち込んでるだけで、考えるべきことを後回しにしてる。

きちんと自分の気持ちと向き合わなきゃ。それが今、私がやるべきことだ。

「屍《しかばね》は拾ってやるから、安心して挑んでこい」

「当たって砕ける気はないわよ」

「相手は手強いぞー」

笑いながら手に持った缶ビールを差し出してくる。

「まあ、お前らしくいけよ」

「うん。……ありがと、真木」

私も自分の缶ビールを勢いよくぶつけた。

カンッといい音を立てて、缶についた雫が飛び散った。

それから私たちは、人気《ひとけ》がすっかり消えた公園で子供みたいに遊んだ。ブランコをどちらが高く漕《こ》げるか競争し、ジャングルジムによじ登っててっぺんでビールを飲む。ヒールを脱ぎ捨てたストッキングだけの足に、冷えた鉄の感触が気持ちよかった。

全ての缶を空けたあと、お互いに帰路につく。ここから家まで歩いてすぐの私は、また地下鉄に乗って帰る真木に、今更ながら申し訳なくなった。

公園の入り口で駅に向かう後ろ姿を見送っていると、真木が突然振り返る。

「佐倉。無理すんなよ」

暗がりで、外灯に照らされた表情はやけに真面目だった。

「うん？」

「男は社長だけじゃないからな。時には諦めも肝心」

「バーカ。誰が諦めるか」

「まあ、頑張りすぎんなってこと」

じゃあな、とまた後ろを向いて手を振る、その姿が見えなくなるまで、私はずっと見守り続けた。


出張から帰ってきた東吾を、空港まで迎えに行く。

ゲートを抜けて私の姿を認めると、立ち止まって目を丸くした。

「おかえり」

「……ただいま」

後ろから歩いてきた人と肩がぶつかって、ようやく我に返ったのか、その人に「失礼」と軽く頭を下げてからこちらへ向かってくる。

「どうした、迎えなんて」

「たまにはいいかなー、って」

へへ、と照れ笑いが滲《にじ》んで、東吾の隣に並ぶと荷物をひとつ、引き受ける。空いた手が伸びてきて、私の手を握った。

どこかで夕食を食べて帰ろうかと提案したら、簡単でいいから家で食べたい、と言うので、一度荷物を置いてから近所のスーパーに買い出しに向かう。

東吾が無性に焼きそばが食べたいと言ったので、出来合いのお惣菜とサラダと三食百五十円の焼きそばという、出張帰りの社長の夕食とは思えない質素な食卓になった。缶ビール片手にだらんと寛いでいる姿は、充分満足そうだったけど。

さすがに疲れているようで、食事を終えると早くもあくびをしだしたので、早々に眠る準備をする。交代でシャワーを浴びてリビングに戻ると、東吾はソファで書類を眺めていた。また仕事してる、と半分呆れて、半分は東吾らしいと思いながら隣に座った。

「どうだった？　製造ライン、使えそう？」

「手ごたえはあった。改良は必要だけど、基本的な部分は流用できると思う」

今、社をあげて力を入れているのが、新商品の開発だ。

現在のわが社の主力商品であるシクラビルは癌の治療に用いられる原薬で、発売当初は画期的だともてはやされたものの、創薬技術の発達とともに同じような成分がどんどん開発されて、今ではコストの面でも品質の面でも他社に後れを取り始めていた。

そのため品質改良は第一優先の課題だったはずなのに、今まではほとんど重要視されておらず、社内改革が始まってようやく日の目を見だした開発部が、意気揚々と励んでいるところ。

西主任が中心になって細々と研究が進められてきた新原薬は、既存のものとは違った機序《きじょ》で受容体《じゅようたい》にアプローチする、とかなんとか、一緒に飲んでいる時に真木がたまに話していたけれど、文系の私にはちんぷんかんぷんだった。とにかく、それが安定供給できるようになれば、今まで理論的には作れるけど大量生産は無理だ、と言われていた薬を、実際に臨床で用いるレベルで作れるようになるかもしれない、らしい。

その研究を東吾は三星の社長に就任する前から知っていたそうで、傍目から見ても大きな期待を寄せていた。自分でもちょくちょく開発部に顔を出し、部のメンバーと話が盛り上がって一緒に飲みに行ってしまうくらい。

次第に熱心に読み込み始めた書類を東吾の手から引き抜いて、テーブルに置いた。ふたりでいると仕事の話になりがちだけど、今日は違う話をするために来たのだ。改めて東吾に向かって座り直すと、彼も沈み込んでいた身体を起こして背筋を伸ばす。

「あのね。私もちゃんと、伝えておこうと思って」

「……何？」

東吾が少し、緊張するのがわかった。私にもなんだかその緊張が移って、ふたりして硬い空気に包まれる。これじゃいかんと深呼吸すると、東吾が少し、笑った。

「私も、結婚するなら東吾とがいい」

今度は驚いたように軽く目を見開いた。

それを見て、私も少し、笑った。

「正直、社長夫人とか何すればいいかわからないし、上條家のしきたりとかもわからないし、いろいろ想像できないことばっかりなんだけど。でも、一緒に生活したり子供を育てたり年を取ったりして、おばあちゃんになった時に隣にいるのは、東吾であってほしいな、って思う」

まだ、東吾の隣にパートナーとして立つことに、全然自信は持てないけれど。でも、逃げないでちゃんと努力したい、相応しくなれるように頑張りたい、と思う。

「それで充分」

東吾がふんわりと笑って、私を抱き寄せた。

「面倒なことも、たくさんあると思う。やっぱり里香に頑張ってもらうしかないことも、多いと思うけど。でも、全力で助ける。俺が隣にいるから」

耳元で囁く声は、とても優しくて、でも決意を感じさせる強さも含んでいた。

「ありがとう。……一緒に生きていこう」

「うん」

この人の隣にいれば、きっと何があっても大丈夫。

身体を起こしてじっと東吾の切れ長の目を見上げる。それから目を閉じると、すぐに柔らかくて幸せな感触が唇の上に降ってきた。

漂いだした暗雲

宣戦布告を受けてから二週間。夏の太陽が本格的に照り始めてきた。

社長室の外の通常デスクで仕事をしていると、「ごきげんよう」という声とともに雅さんが現れた。もう受付も慣れっこで、特に到着の知らせもなく、ひとりで気軽にやってくる。必ず事前に連絡はくれるので、こちらもすぐに慣れた。

一応社長への来客なので、立ち上がって礼をする。いつもはそのまま私の前を素通りだけど、今日はにっこりと微笑んで近寄ってきた。

「コンサートのチケットをいただいたの。とても珍しい演目。東吾さんをお誘いしようと思うんだけど、よろしい？」

そこにちょうど、雅さんの気配を感じたのか、社長室から東吾が顔を出した。私たちが話しているのに驚いたようだけど、雅さんが東吾に微笑むとすぐにまた私に向き直ったので、しばらく見守ることにしたらしい。

「どうぞご自由に。お誘いを受けるのも受けないのも、社長のご意思ですから、秘書の私に口を出す権利はございません」

秘書としての模範解答は、雅さんには少々物足りないようだった。「そう」とつまらなそうに踵《きびす》を返そうとするのに、ひと言言い添える。

「私個人の意見としては、お誘いしても無意味だと思いますが」

ぱっと振り返った顔には、怒りではなくむしろ愉快げな表情が宿っていた。

やっぱりこの人、お嬢様としては相当変わってる。

「じゃあ受けてもらえるように精いっぱい頑張るわ」

うふふと笑って今度こそ東吾とともに社長室の扉の向こうへ消えていった。扉が閉まる間際、何か言いたそうな東吾の視線がちらりと投げかけられたけど、秘書としての完璧な笑みで黙殺する。

お嬢様は帰る時にも、私に声をかけていった。

「あなたの言う通り、フラれちゃったわ。どうせなら今度、あなたも一緒にどうかしら。チケットは三枚用意しておくわ」

さすがにすぐに返答できなかった私に笑って、「ではまた」と颯爽《さっそう》と帰っていった。

見送っていた東吾が、探るような目で私を見る。

「随分と仲良くなったもんだな」

「アフタヌーンティーにご招待いただいたのよ。宣戦布告付きで」

「宣戦布告?」と首を傾げる東吾に、雅さんの言葉をそのまま教えてあげる。

「東吾さんがどちらを選ぶか、正々堂々戦いましょ、ってさ」

「そりゃまた恐ろしい戦いだ」

おどけるように肩をすくめる。それから時計を確認すると、デスクからファイルだけ持って出てきた。

「開発に顔出してくる。適当に上がっていいぞ」

「あんまり頻繁に通ってると、他部署からクレームが来ますよ」

「わかってる」

人の忠告を聞いているんだかどうなのか、ひらひら手を振って出ていった。あの感じだと最終的に、また開発メンバーを引き連れて飲みの席に流れ込みそうだ。もしかしたら私の一番のライバルは真木かもしれない、とちょっと思った。

そしてその頃から、問題の種は密やかに、でも確実に、育っていたんじゃないかと思う。

水面下に根を伸ばしていたその種が殻を突き破って芽を出したのは、八月の終わりに行われた定例の取締役会の時だった。

「シクラビルの製造を縮小するという話だが」

口火を切ったのは塩田《しおた》専務。もとは開発畑の人間だったけど、叩き上げでその地位まで上り詰めた人だ。

「ええ、その方向で考えていますが」

「私は反対だ」

そうだろう、と部屋の隅で記録しながら、心の中でため息をつく。

シクラビルは、塩田専務が中心となって開発されたものだ。専務はそれを誇りに思っているし、この会社は自分のおかげで発展したのだと思っている節がある。この反対は最初から想定済みだ。

「しかし、競合を見ても、シクラビルは主にコスト面において後れを取っています。次の総会でご説明しようと思っていますが、このままでは売り上げは下がっていく一方で」

「だがまだ主要な取引は続いているんだろう？」

「ですから、製造中止ではなく縮小です」

表情には出さないけれど、東吾がうんざりしているのがわかる。このタイプには理論で話したって無意味だ。文句をつけられないほどの数字を用意してあるから、総会まで黙っていてほしい、というのが本音。

「最近、社長は研究開発部に足繁く通っていらっしゃるとか。化学者としての血が騒ぎますかな？」

嫌味ったらしく丁寧な言葉づかいで話すのは、川端《かわばた》副社長。この人は確か、上條の遠縁かなんかだったはず。

三星シンセティックの全盛期は、前社長と副社長と専務の三人が作り上げたもの、という意識が強い。三人には固い結束があったし、温厚な前社長がふたりをまとめて、いいバランスを保っていた。東吾の社長就任に一番反発をあらわにしていたのは、このふたりだ。

「研究開発に力を入れるべきなのは明らかです。現場との関係を密にすることは有意義だと思います」

「ですがあなたは経営者ですよ。社長業をおろそかにしてもらっては困る」

「おろそかにしたつもりはありませんが」

部屋の中に嫌な空気が漂い始めた。穏健派の前田常務がみんなの顔色を窺っている
のがわかる。

「社長は自分を過信している」

塩田専務の言葉に、さすがの東吾も少し苛ついたように目を細めた。

「確かに君の化学的知識を見込んで、真彦社長は君をわが社の社長に据えたのかもしれん。だがね、それと経営は別問題だよ。そもそも君には先人に教えを乞うという謙虚さが見られん。就任して一年半の君にわが社の何がわかるのかね？」

留学までしてきた東吾に経営のなんたるかを説きたがるとは、塩田専務の苔《こけ》むした自尊心には呆れてしまう。確かに開発への力の注ぎようは、ほかから比べて一線を画しているけれど、それでも他部署への目配りを欠かしてはいないし、対外的な交渉やその他もろもろの社長業も、精力的にこなしている。椅子にふんぞり返っているだけの専務に文句を言われる筋合いはない。

「去年一年でしっかり学ばせていただいたつもりですが」

「好き勝手にいじくり回しただけだろう。会社の私物化も甚だしい」

東吾の顔が険しくなっていく。なんとか自制しているんだろうけど、専務の言い方はあまりにもひどすぎて、爆発しないか心配になる。

「東吾君。あなた、何か勘違いなさってませんか？」

副社長がヘビみたいにぬるっとした笑い方で東吾を見た。

「何をでしょうか？」

「本家の血が流れていないあなたには、本来上條の名を名乗ることはできないはずなんですよ。それをあなた、子会社とはいえ会社を任されているのは、真彦社長と美恵子夫人の恩情のたまものです。御恩はしっかり返さないと」

東吾の顔から表情がすっと消えた。まるで全ての言葉を、拒絶するように。

今の副社長から出た言葉の意味が、私にはわからなかった。本家の血が流れていないって、お母さんは確かに美恵子夫人ではないだろうけど、お父さんは真彦社長なんじゃないの？

見兼ねた常務が、そろそろ終了をという旨の発言をして、すぐに散会になった。

とっとと退席していく副社長と専務に続いて、常務が様子を窺うようにちらりと振り向いたけど、東吾は無表情のまま、それを無視する。

私と東吾以外、全員いなくなったあと、無言で机をどん、と殴りつけた。そしてひと言、「ちょっと出てくる」と言い残して、部屋を出ていった。

私は置きっぱなしの荷物を片付けて、社長室に戻った。

ふと部屋の中を見渡して、トルコギキョウが枯れ始めているのに気がついた。

ああ、そろそろ替えてあげないと……。

背後でコンコン、と扉をノックする音がした。急いで開けると、そこに立っていたのは前田常務だった。

「常務、どうされたんですか？」

「いや、社長の様子がね、ちょっと気になって」

温厚そのものの常務には、以前担当させてもらっていた時にも、随分と励まされた。

前社長ともよく気が合って、その性格から下の人間にも慕われる人だ。

「それが、少し出てくると外出されてしまいまして」

「そうか」と気遣うように社長の席に目をやった。東吾を本気で心配してくれているのがわかる目で、彼の味方がいることに、心底安心する。

常務なら、東吾が表情をなくした理由を、知っているだろうか。

「あの、差し出がましいかもしれませんが……副社長がおっしゃっていた、社長には上條を名乗る資格はない、というのは、どういう？」

躊躇《ためら》いつつ口にすると、常務は沈痛な面持ちで、ため息をつく。

「あの人も、なぜああいうことを平気で口に出せるのか。私には理解できんがね」

それから私に向き合うと、ゆっくりと言葉を選びながら話しだす。

「あくまで上條家の事情だから、外部の人間がおいそれと語ることではないけれど。君は社長に随分信頼されているようだから……その、社長の生まれについては君は」

「美恵子夫人とは血が繋がっていないことは、本人から聞いております」

常務は静かに頷いてから、では、と続けた。

「真彦氏が婿養子であることは？」

「それは、存じ上げませんでした」

「上條の先代には男子が恵まれなくてね。美恵子夫人が婿を取って跡を継ぐことになった。真彦氏も親族の中から選ばれたはずだから、厳密には上條の血が入っているが、まあ血縁にこだわる人間には他人と同じようなものなんだろう」

真彦社長の血しか受け継いでいない東吾は、上條の名を名乗れない、と。だから上條の血を尊ぶような人たちには、東吾は下に見られがちなのか。

「そして、美恵子夫人と真彦氏の間には真人君ひとりしか生まれなかった。今は落ち着いたようだけど、昔の真人君はね、少し、なんというか……繊細すぎるところがあって。詳しい事情はわからないが、東吾君が引き取られたのは、そのこととも無関係ではないだろう」

東吾の過去に内包する影が、ひとつ、またひとつと形を現す。

その影は小さなトゲとなって、私の心にもチクチクと突き刺さる。

前田常務はもう一度社長席に目をやって、それから今度は、私の顔をじっと見つめだした。

「私が、口を出すことではないかもしれないが」

言いにくそうに、でもはっきりと、目を見て告げる。

「東吾君の足を掬《すく》おうとしている人間はたくさんいる。そういう類はくだらんことでも平気であげつらってくる。君は頭がいいからわかっているとは思うが。……中途半端なことは、しないように」

東吾の足を引っ張るようなことはするな、と。

「……ご忠告、ありがとうございます」

私には掠れた声でそれだけ言うのが精いっぱいだった。

常務は痛ましげな目で私を見ると、そのまま部屋を出ていった。頭を下げて見送った私は、しばらくそのまま、姿勢を戻すことができなかった。

川面《かわも》に映る夕陽は、さざめく水面の波とともに、オレンジ色にゆらゆら揺れる。夕方になっても気温は下がらず、それでもビル街に吹く風とは違って、木々を揺らす風に含まれた熱気の質がさらっとしていた。今日も熱帯夜だろうか。

土手一面に広がる草原に寝転んで、野球ボールを必死に追いかける少年たちを眺めていた東吾の隣に座り込む。

「なんでここにいるってわかった？」

「松原さんが迎えに来てくれたから」

「あいつかー」と気の抜けたように呟いて、また黙る。

しばらくそのまま、ふたりとも何も喋らずに白球の行方を追っていた。

カキン、と甲高い音がして、バットから弾かれたボールがこちらに向かって飛んできた。東吾に真っすぐ向かってきたボールは、危なげなく彼の手の中に着地した。

「すみませーん」と遠くからミットをつけた少年が手を振っている。東吾は立ち上がると、その少年に身振りで構えるよう合図した。少年が腰を落として捕球する姿勢を取ると、東吾が手の中のボールを一度撫でてから、すっと左足を出した。右手を大きく振りかぶると、ボールが鋭く軌跡を描いて飛んでいく。

スパン、と小気味いい音が響いて、ボールがミットの中に吸い込まれた。

見守っていた少年たちから「おおー」というどよめきと、賞賛の拍手が巻き起こった。「ありがとうございまーす」と叫ぶ少年に手を振って、東吾が呆気に取られている私の隣に戻ってくる。

「これでも小学校の時はエースピッチャーだったんだ。リトルリーグの地区大会で優勝したこともあるんだぞ。まあ、全国大会は初戦敗退だったけど」

「すっごく、意外……」

「その時のメンバーで甲子園目指すんだ、ってみんなで盛り上がってさ。……だけど、俺だけ一緒の高校には行けなかった」

　横座りしている私の隣で仰向けで寝そべって、両肘をついた格好で上半身だけ起こし、少年たちを見ながら懐かしそうに目を細める。

「突然現れていきなり連れていかれて、今日からお前は上條東吾です、って言われてもさ。訳わかんないし、でも抵抗なんてできないじゃん。母親は血吐いて倒れて、明日からどうやって生きていけばいいのかさえわからなくて、縮こまって泣いてた中学生のガキにはさ」

　誰もいない病院の待合室の片隅で、椅子に座って膝を抱えて泣いている少年の姿が、脳裏をよぎった。

　不安と恐怖を抱えながら、ひとりぼっちでうずくまっている……どれほど心細かったただろう。

「余命半年って言われた母親が、二年も生きられたのは、上條の家が出した金で、手厚く看護してもらえたからだと思う。その点は、本当に感謝してる」

「でもさ」と呟いて、上半身も倒して完全に寝転ぶと、空を仰いだ。

「やっぱ死んじゃったんだよ。俺は取り残されたんだ。……思うんだ。もしあのまま、ふたりきりで、半年で死んでたとしても、それはそれで幸せだったんじゃないかって」

雲をつかむように、手を伸ばす。その手には何も触れるはずもなく、ただ宙を切って、それでも何かをつかむように拳を握った。

「母親は俺が上條に引き取られることを喜んだよ。でも俺は、施設に入ったってよかったんだ。でも母親が嬉しそうだと、もう何も言えなくて」

伸ばした腕を真横に投げ出して、拳は握られたまま地面に落ちた。両腕を大きく開いて、目は真っすぐに空に向かう。

「今の俺は、上條に与えられたものでできてる。大きなこともやれてるし、やりがいだって感じてる。でも俺は」

東吾はそこで、一度話すのをやめた。何かを考えるようにただ空を見つめる彼を、私も黙って見守る。

東吾の視線の先を追うと、夕陽に染まった雲がゆっくりと流れて、形を変えるところだった。筋を描くように細く、長くたなびいていく塊《かたまり》が、やがてすっと、その先から消えていく。

消えてしまった雲は、水蒸気になって、また形を変える。

今度はどこで生まれ変わるのだろう。

「なあ」

目線はそのままで、東吾が呟いた。

「俺が上條やめるって言ったら、どう思う？」

「……え？」

思わず見下ろした彼の表情は、話す内容とは裏腹に、とても穏やかだった。私にはそれが本気なのか、それともただの思いつきなのかが判断できなくて、返事をする言葉に詰まる。

戸惑う私をちらりと見て、東吾は笑った。そしてまた空へ目を向けると、「なんでもない」と小さく首を振った。

投げ出されていた東吾の手が、私の手に触れた。促されるまま指を絡めて、しっかりと握り込む。

手を繋いだまま、私たちは流れる雲を見上げていた。

流れを読んで、時機を逃さず、好機と見たらすかさず獲物を仕留めに来る。ハンターの嗅覚と、それを支える情報収集力、何より実行力。一流の経営者であるお父様から受け継いだその能力は、確かに上條の家に切り込んでいくには、必要不可欠なのかもしれない。

あの会議から一週間が経ったその日、東吾を訪ねてきた雅さんは、私にも同席するよう告げた。最近は頻繁に私にもちょっかいをかけてくるようになったので、あまり気にせずに東吾の後ろに立ったけど。

ソファに座るなり、雅さんは開口一番、こう言った。

「正式に、東吾さんに結婚を前提とした交際を申し込みます」

今までも有り余る好意を示し続けてきた雅さんだけど、正式に、結婚を前提に、という話はまだ出ていなかった。もちろん将来的にはそれを見据えて話はしていたけれど、具体的には何も進んでいなかった。それが今。

「雅さん」

「今この場で断るのはやめてくださいね。これは家と家のお話でもあるんです。これから上條本家へもお伺いするつもりですから」

東吾に向かってにっこりと、それは綺麗な微笑みを浮かべた。

「それから、会社同士のお話でもあります。姻戚関係になるからには、頭取もぜひ友好的にお付き合いしたいと。もちろん優秀な経営者同士としてね」

「それは、ありがたいお話ですが」

「御社が今お付き合いしているわかば銀行は、御社のこれからの発展を考えると、いささか心許ないかと。それに、頭の中身の古びた害虫と何やら企んでいるようですし……この際、害虫ごと駆除してしまっては？」

わかば銀行とメインで繋がっているのは川端副社長だ。何か動きがあったのだろうか。私には何も知らされていないけれど……。

東吾の横顔を盗み見ると、なんの話かはすぐわかったようで、厳しい目つきで雅さんを見ている。

「私も父も、東吾さんの味方ですわ。優秀な才能がくだらない妨害によって生かされないのは大変残念です。御社の発展は上條グループ全体、ひいては日本経済の発展に繋がるのですから。東吾さんにはぜひ、のびのび力を発揮してもらいたいと思っておりますわ」

そして、後ろに立つ私にすっと目線を向ける。

「ご自分にとって何が大事か、何を優先すべきか。広い視野でよくお考えになってくださいな。東吾さんにとって最良の選択を下していただけるよう、願っておりますわ」

絶対的な自信に裏打ちされた、勝ち誇った表情で、私に向かって語りかける。私はただ、感情を表に出さないようにするだけで精いっぱいだった。

「まずは東吾さんにお話を、と思いまして、寄らせていただきました。本日はこれで」

鮮やかに礼をして去っていった雅さんを、その場で立ちつくして見つめるしかできなかった。秘書としてせめて部屋の外まで見送るべきだと思うのに、足がその場に凍りついて、どうしても動くことができない。

東吾が心配そうに、こちらを見ている。

「里香」

仕事中なのにその呼び方はダメだ。それこそ今、誰かに聞かれたら、東吾を攻撃する格好の材料になる。

東吾が私の目の前に立って、腰を折って目線を合わせた。せめて笑い返そうと思うのに、身体から力が抜けてしまったように、何もできない。

そのままそっと、唇が重なった。触れるだけのキスは、言葉よりずっと、私を気遣う気持ちが伝わってくる。

「ダメです。茉奈ちゃんから社長室での乳繰り合い禁止令が出されているので」

「……あの子、たまに言葉選びのセンスが古すぎないか?」

「同感です」

東吾がしみじみ言うので、思わず深く頷いてしまった。

少し力が戻ってきて、弱々しいながら笑顔を浮かべると、東吾も少し笑ってから、そっと私を抱き寄せる。

「社長」

「心配するな」

とがめる声は無視して、私の顔を自分の胸に押し付けた。

抜け出そうと思えばすぐにできるくらいの軽い力に、私は抵抗できなくて、自ら檻に囚われる。

「断るよ。銀行も会社も関係ない。結婚相手くらい自分で選ぶ」

副社長は、何を企んでいるのか。美恵子夫人は、雅さんの話を聞いてどう思うだろうか。梶浦頭取を敵に回すようなことをしたら、財界での立場はどうなるだろう……。

いろんな不安が浮かんでは、言葉にするのが怖くて、口に出さずに呑み込んでいく。

「俺を信じてくれ」

東吾の胸にもたれかかって、身体を預けた。体温と鼓動を感じながら、このままずっと、この優しい檻の中に閉じ込めていてくれたらいいのに、と思った。

帰路につく前になんとなくぼんやりしたくて休憩室に寄ると、喫煙ルームの扉の向こうに、難しい顔をしながら煙草をふかす真木がいた。何かあったのだろうかと思いながらコーヒーを選んでいると、あっちも私に気づいて、喫煙ルームから出てくる。

「よう」

「お疲れさま」

湯気の立つ紙コップを取り出して無人の休憩室の端っこにあるソファに陣取る。

「何かトラブル？」

「あー、まあ、トラブルってわけじゃないんだけど」

真木も自分のコーヒーを手に、私の隣に座った。

「ほら、西さんが社長と見に行った滋賀の工場。試験的に使う話だったのがどうやらダメそうで」

足を組んでコーヒーをすすりながら、渋い顔でぼやく。

「予算の問題で難しいとか言ってたけど、今までそんな話出てなかったのに」

そこで真木はちらりと周りを見渡すと、少し顔を寄せて潜めた声で訊いてくる。

「もしかして、そっちこそ、なんかトラブル？」

上層部のトラブルを一社員に教えてもいいものか一瞬迷ったけど、真木はこう見えて口は堅い。特に言いふらすこともないだろう。実際被害を受け始めているのは事実だし、伝えておいたほうがいいかもしれない。

「副社長と専務が社長に噛み付いた」

「あー。古狸ふたりの相手なんて、考えただけでめんどくさそ」

真木がげんなりとした顔でうめいた。そしてずるずるとソファの上を滑り落ちて、背もたれの縁に頭を乗せて天井を仰ぐ。

「現場の俺たちにとっては社長だけが頼りなんだ。頑張ってくれよぉ」

軽い口調の中にも、真剣な思いが見て取れる。開発だけじゃなくて、ほかの部署の若手にとっても、東吾の存在は希望だ。

この会社だけじゃない。ここが安定すれば、東吾はいずれ上條の中枢に戻っていくだろう。こんな子会社で手こずっている暇はないのだ。東吾の手腕は、妨害なく発揮されるべきだ。

「そうだよね。社長には頑張ってもらわなくちゃ」

私がそう呟くと、真木は呆れたような声で言った。

「何他人事みたいに言ってんの。社長が頑張れる環境を作るのがお前の仕事だろ」

背筋を伸ばして、私に向かってびしっと人差し指を突きつける。

「それは佐倉にしかできないよ。お前も頑張れ。期待してる」

そう言ってコーヒーを一気に飲み干すと、私の肩を叩いて去っていった。

残された私は、紙コップの底にうっすらと残る茶色の液体をぼんやりと見つめる。もう冷めきったそれを、捨てようかどうか一瞬悩んでから、口に含んだ。挽きたての香ばしさがどこかへ消えて、残ったのはただ苦さばっかりだった。


退勤ラッシュで人が溢れる地下鉄に揺られて、家路につく。いつものコンビニで夕食を買って、アパートまでは歩いて五分ほど。疲れた足で階段を上って、慣れた手順で部屋に入って荷物を置くと、一番いい位置に鎮座しているお気に入りのラブソファに倒れ込んだ。

寝起きの悪い私が、駅が近く会社まで乗り換えなしで行けるという立地にこだわったため、広さを犠牲にした部屋は、ひとりでぼんやりする分にはいいけれど、誰かを招くには手狭だった。東吾を呼んだことも一度だけあるけれど、特に彼のような背の高い人間がいると、圧迫感が半端なかった。ラブソファにふたり並んで座ると身動きが取れなくて、東吾は「くっついていられるしいいじゃん」と笑っていたけど、私が嫌でそれからはふたりで過ごすのはずっと東吾の家だ。

ソファの上で膝を抱えて、もう見慣れたその部屋をぼんやりと眺める。カーテンの向こうには小さなベランダが付いているけど、東吾の家とは違って見えるのは隣のビルの壁だけだ。

自然の息吹も人の気配も感じないこの部屋にいると、最近はなんだかもの寂しく感じることがある。ずっとひとりでいて、それが当たり前だったはずなのに、東吾がそばにいる温もりに慣れてしまって、もうひとりには戻れないような気がして。

——俺を信じてくれ。

東吾の声が蘇る。そしてそこに被さるように、真木の声も。

——社長が頑張れる環境を作るのがお前の仕事だろ。

真木は、秘書として頑張れと、そう言っているのはもちろんわかっている。それでも、違う意味に聞こえてしまう卑屈な自分がいて。

東吾が私に求めているのは、少年の頃に失った家族の温もりだろう。

普通の家庭で当たり前のように手に入れられる安らぎ。それは梶浦のような家で育った人が持つ感覚とはきっとずれていて、雅さんには与えられない。上條の家にいる限り、ずっと緊張を強いられる東吾の、安らげる場所になりたいと、強く思う。

だけど雅さんには、上條の次男、しかも難しい場所にある東吾の立場を、盤石なものに押し上げる力がある。

それはどう頑張っても私にはない力で、そしてとても貴重なものだ。

私がそばにいることで、与えてあげられるもの、奪ってしまうもの。

考えれば考えるほど、奪うものが大きすぎて、そして上條という家が大きすぎて、尻込みしていく自分がいる。

どうして私にはこんなに力がないんだろう。

逃げないでちゃんと努力したい、相応しくなれるように頑張りたい、そう思ったはずなのに、どうしてこんなに弱気な気持ちになるんだろう。

前向きになろうとする自分と後ろ向きな思いに引きずられる自分がせめぎ合って、心の中が絶えず繰り返す波間のように揺らいでいた。

東吾のそばにいたいという思い、そばに立ち続けるのは怖いという思い。

それでも今は、東吾を支えたいという思いが一番大きかった。東吾が信じろと言ってくれるなら、私にできることは、彼を信じて、今は秘書として精いっぱいサポートすることだけ。

目を閉じて、東吾の笑顔を思い浮かべる。社長の時には決して見せない、無邪気な子供みたいな笑顔。

私はこの、本来の彼の笑顔を守りたい。
私は私のやり方で、東吾を守る。
……今の私には、それしかできない。

別れの空は茜色

副社長と専務が東吾への反意を示して以来、少しずつ、会社の空気が変わってきた。会社の方針として改革案を受け入れていたはずの、主に管理職層の人間が、徐々に不満を漏らし始めた。狭められた権利を取り戻そうと、整理された規範をゆがめて横暴に振る舞い、それに伴って今度は一般社員の不満が噴出し始める。

ぽつり、ぽつり、と小さなトラブルが現れては、不満と不審を生み出して、それが拡がっていく。社員たちの中に苛立ちや不安が積み重なって、やがて社内全体の空気が不安定なものに変わっていく。それを食い止めようと必死になっているうちに、いつの間にか夏が終わり、季節は秋を迎えていた。

デスクで仕事中の東吾に向かって、知財部からあがってきた調査結果を報告しようとした時。

書類を渡そうと立ち上がった瞬間にくらりとめまいがした。

でもそれも一瞬で、大丈夫だろうと一歩足を踏み出したら、今度は目の前が真っ暗になっていく。足から力が抜けていって、さすがにまずいと思って咄嗟に座り込んだ。

「おい。大丈夫か」

驚いた東吾がすぐに回り込んで、肩を支えてくれる。

「平気です。少しめまいが」

「平気なわけないだろ。顔色真っ白だぞ」

東吾が私を軽々と横抱きに持ち上げた。驚く私の、降ろせという言葉を無視して、応接セットのソファまで運ぶ。ソファの上に私を寝かせるとそのまま自分も床に膝をついて、横から心配そうに顔を覗き込んでくる。

「お前、昨日何時まで残ってたんだ」

「終電には間に合いました」

「ここ最近ずっとそんな感じだろ」

「それは社長も同じでしょう?」

心配の中に少し怒りの混ざった声に、苦笑いで返す。東吾が頑張っている中、私にできることがあるのにひとりでのうのうと帰れない。

ソファの上で身体を起こすと、東吾も隣に座った。

「……少し無理しすぎだ」

東吾の手が私の頭に伸びて、自分の胸にそっと引き寄せる。

「乳繰り合い禁止令が」

「ただの病人の介抱だ」

ふっと肩の力が抜けて、東吾に体重を預ける。目を閉じて東吾の心臓の音を聞いていると、血の気が引いて冷たくなった指先に、徐々に力が戻っていった。

「……もう大丈夫そう」

私がそう言うと、東吾は私の頰に手を当て目線を合わせた。

「まだ休んでたほうがいい。どうせもうすぐ終業時間だ。それまで休んで今日は早く帰れ」

「でも」

反論するのに開きかけた口は、そっと押し付けられた唇によって塞がれた。

「命令。……心配なんだよ」

「ん」

こんな時くらいいいかと思って、東吾の優しさに甘えることにする。東吾は、またくたりと力を抜いた私に満足そうに頷くと、立ち上がりかけた。私は少し調子に乗って、スーツの袖口をつかむと上目遣いで見上げてみる。

「もうちょっと。……ダメ？」

「いいよ」

東吾は驚いたようだったけど、すぐに笑ってまた隣に腰かけた。今度はさっきよりもしっかりめに私を抱き込んで、なだめるように背中をとん、とん、とゆっくり叩く。

その優しいリズムに身体を委ねていると、私のデスクの電話が鳴った。

すぐに立ち上がろうとした私を押さえて「寝てろ」と言うと、東吾が自らその電話を取りに行く。

「上條だ。……ああ。それで……なんだって⁉」

いきなり声のトーンが変わった。信じられないというような戸惑いを滲ませて、表情がどんどん険しくなっていく。

「何かあったの？」

電話を終えた東吾に声をかけると、東吾は受話器を握りしめたままそれを睨みつけて、呟いた。

「美恵子さんが来たらしい」

「美恵子さんって……美恵子夫人？」

「そう。もう上がってくるって」

言った瞬間、部屋にノックの音がした。瞬時に私が立ち上がったのと、返事を待たずに扉が開いたのはほぼ同時だった。

上品に和服を着こなし、背筋をピンと伸ばした老婦人が、お供も連れずにひとりで立っていた。

細身のその身体からは厳格な空気を漂わせていて、少しのしわが年齢を感じさせるものの、その容貌は衰えておらず、気品をまとっている。遠目で見たことはあるものの間近でお会いしたのは初めてで、これが噂の美恵子夫人かと、ひと目で圧倒された。

夫人は立ちつくす東吾と私に交互に視線を投げると、部屋の中に入ってきた。

「これは突然のお越しですね」

「なんの話かはおわかりでしょう。何度呼んでもあなたが本邸にやってこないから、わたくしがわざわざ出向いてきたのですよ」

挨拶のひとつもなく、お互いにこりともしなかった。想像以上に他人行儀なふたりの態度に身体がすくんでいると、美恵子夫人が私を冷めた目で一瞥する。我に返って礼をすると、嫌悪感を滲ませた声が降ってきた。

「髪が乱れていますよ。見苦しい」

はっと髪に手をやると、まとめていた前髪が少し、落ちていた。「申し訳ありません」ともう一度深く頭を下げて、慌てて部屋を出る。

すぐに洗面所で髪を直してから、顔を出すべきか迷ったものの、とりあえずお茶を淹れて社長室に戻った。あの目にもう一度睨まれるかもしれないと思うと怖かったけど、来客なのに放置するのもいかがなものか。退出する前に指示を仰げばよかったと後悔した。

扉の前で一度呼吸を整えてから、ノックする。「お茶をお持ちしました」と声をかけると、中から「入れ」と東吾の声がした。

向き合うふたりから漂う空気は、ピンと緊張で張りつめていた。血が繋がっていないとはいえ、一時期は同じ家で過ごしたはずの家族なのに、親愛の感情など欠片も感じられない。互いに互いを認めずに、拒否し合っているのがありありとわかる。

お茶を出したらすぐに退散しようと思っていた私に、美恵子夫人から声がかかる。

「あなたも残りなさい」

「は」

戸惑って東吾のほうを見ると、東吾も微かに目をすがめて、美恵子夫人の真意を測ろうとしているように見えた。

「話を聞いていてもらったほうが手っ取り早いでしょう。東吾さん、いいですね?」

反論は許さない口調だった。東吾は少し考えたあと、険しい口調で「同席しろ」と言った。私は仕方なく、東吾の斜め後ろに控える。

「雅さんからの申し出をあなたが正式に断ったこと、その方はご存知なんですか？」

美恵子夫人の言葉に驚いて、思わず東吾を見る。そんな話、私は聞いていない。

私の顔と、問いには答えずただ無言を貫く東吾を順に見て、美恵子夫人はひとつ、ため息をついた。

「梶浦さんは、上條製薬ともぜひ取引を、とおっしゃってくれています」

「あなたはそれも潰す気ですか」

「存じていますが」

ひたりと注がれる視線はどこまでも冷ややかで、真っすぐ伸びた姿勢のまま微動だにしない。

「あなたがこれまで生きてこられたのは誰のおかげだと思っているんです？　上條が拾っていなければあなた、母親と一緒に野垂れ死にしていたとしてもおかしくないんですよ。その母親だって、あんなに安らかに死ねたのは上條のおかげ」

「それは重々承知していますし、感謝しています」

「口先だけではなんとでも言えますからね。……まあいいです。あなたにはもう一度、ご自分の立場というものを自覚していただきたい。なんのために最高の教育を与えられて、なんのために上條という名を与えられたのか」

美恵子夫人が言葉を重ねるたびに、東吾の顔から表情が消えていく。全てを遮断して、自分を護るための壁を作っているみたいに見えた。そしてその壁の中に、自分の思いも閉じ込めていくんだろう。

「今まではもっと分を弁《わきま》えている方だと思っていましたけどね。今回は非常に残念です。あなたはもっと、賢いと思っていました。……こんな」

美恵子夫人が今度は私に顔を向けた。はっきりとした侮蔑の色が浮かんでいるその視線を受け止められず、目を伏せる。

「多少見栄えがいいくらいの人になぜこだわるんだか。雅さんも充分お美しいでしょう。どこが不満なんです？」

「外見の問題では」

「雅さんは全て兼ね備えているでしょう」

それからおもむろに美恵子夫人が立ち上がった。すっと私の前に立ち、侮蔑を含んだまま見上げてくる。

私よりも身体が小さいはずなのに、傲岸とも言える威圧感のせいで、向き合うと覆いつくされてしまうような、恐怖に近いものを感じた。

「あの売女によく似ている」

私には何を言われたのかよくわからなかった。

でもその言葉を聞いた瞬間、東吾の発する空気が変わったのはわかった。

「やはり親子か。同じような女にたぶらかされるとは」

美恵子夫人の目に宿る侮蔑の中に、激しい怒りの火が灯る。

息を呑んだ私の顔に、美恵子夫人の手が伸びてきて、ぐっと顎をつかまれた。

「お前も身分を弁えなさい。たかが秘書ふぜいが図に乗ることは許しません」

「美恵子さんっ」

東吾が立ち上がって、私の腕を引いて後ろへ下がらせた。そのまま庇《かば》うように美恵子夫人と私の間に立ち塞がって、少しの間睨み合った。

「……上條がその方を歓迎することは絶対にありません。ふたりとも、もう一度冷静に考えるように」

そう言い捨てると、そのまま美恵子夫人は去っていった。最後まで、伸ばした背筋は真っすぐなまま。

美恵子夫人の姿が見えなくなった途端、手が小さく震え始めた。恐怖で停止していた細胞が、ようやく息をしだしたみたいだった。

「大丈夫か？」

震えだした私の肩を、東吾の手が包んだ。無言で頷いて、そっと東吾の表情を窺う。

「ごめん」

ぎゅっと目を閉じて謝罪の言葉を口にした東吾のほうが、私よりもよほど苦しみに満ちていた。


玄関の中に入るなり、東吾が強引に唇を貪ってきた。

靴を脱ぐ余裕もないまま、しばらく互いの呼吸を奪い合う。

結局あのまま、ふたりで家に帰ってきてしまった。あんな気分のままで仕事なんてできないし、早くふたりきりになりたかった。

キスを繰り返しながらようやく部屋に上がると、寝室まで待ちきれずに、東吾の手が私の服を脱がせにかかる。お互いの素肌を暴きながら移動して、廊下に点々と脱ぎ捨てた服が散らばった。

私に触れる東吾の手は、いつになく荒々しかった。本能のままに動いて、思う様、私を穿《うが》っていく。

その様子はまるで、手負いの獣が母親に助けを求めるような、必死さに満ちていた。助けてくれと、声にならない声で泣いているようで、私はなんとか安心させてあげたくて、その荒々しさを全力で受け止めた。

気を失うようについた眠りから覚めると、東吾はひとり、ベッドの端に腰かけて、窓の向こうの夜空を見上げていた。

「何見てるの？」

身体を起こして問いかけると、東吾もすぐにこちらを向いた。

「起こしたか。明るかったかな」

布団の波をかいくぐって、東吾の隣に移動する。身体に布団を巻き付けて東吾の背中にもたれかかって、彼の肩越しに空を見上げる。

そこには大きな月が浮かんでいた。真っ白な光を発しながら、悠然と輝いている様は、神秘的だけどどこか心を落ち着かせてくれる力があった。東吾とふたり、言葉もなく、その輝きに見惚れる。

しばらくして、東吾がぽつり、と呟いた。

「母さんが死んだ日も、こんな綺麗な月が浮かんでた」

静かに月を見上げる顔は、どこかさらに遠くへと思いを馳《は》せていて。

「覚悟はできてたから、悲しかったけど、不思議と怖くはなかった。ただできるだけ苦しまないで逝ってくれればいいなと思ってた。実際、急変してからも、驚くくらい穏やかで」

背中から腕を回して、寄り添う身体をさらに密着させた。

少しでも私の体温が移って、東吾の身体が温まるように。

「だけど」

空の果てへと向けられた目が、何かを睨むように細められた。

「何をとち狂ったのか、父が会いに来た。今まで一度も顔を見せたことなんてなかったのに、最後の最後になって。それだけならまだよかった、最悪だったのはすぐにあの女も現れて」

語る声に籠もる憤りがだんだんと勢いを増してきて、激しい怒りを押し殺すように一度、深く息を吐く。

「母さんを罵倒したんだ。あの澄ました顔で、聞いてるほうが気分を悪くするような、汚い言葉を浴びせて。そのまま母さんは息を引き取ったよ。苦しそうにじゃない、ただ悲しそうな死に顔で」

怒りなのか悲しみなのか、歯を食いしばって顔をゆがめた東吾に、私はなんの言葉もかけられなかった。ただ悲しくて、悔しくて、彼を抱きしめる腕に力を込める。

「どうしてあんな死に方をしなきゃいけなかったんだろう。ひとりで苦労して俺を育てて、それなのに病気で倒れて、何もいいことなんてなくて、最後にようやく楽になれるって時に」

東吾の声が小さく震えた。

「死んで当然って言われたんだ」

ただただ抱きつく腕に力を込める。

もう何も語ってほしくなかった。言葉を重ねるたびに東吾の心臓から血が噴き出して、全身を真っ赤に染めていくみたいだった。思い出すたびに傷つくくらいなら、そんなひどい記憶、いっそ忘れてしまえばいい。

「その時思ったんだ。いつかこの家を乗っ取って、破壊してやるって」

底冷えのするような凍てついた声で、東吾が言った。

彼の中に潜んだ、今まで表に出せなかった心の闇の想像以上の深さに、愕然《がくぜん》とする。

それでも、その後ろ向きの思いだけで今まで頑張ってきたんだとは、到底思えなかった。彼の仕事への情熱は、紛れもなく本物だ。

「……今でもそう思ってる？」

そっと、微かな希望を乗せて聞いてみる。東吾の声が少しだけ、和らいだ。

「その時の気持ちが、今まで俺を支えてきたのは本当だよ。でも、上條の次男として経営に関わって、いろんな人に出会うことができて」

月を見上げる表情も、声と同じように微かに緩んだ。

「上條のためにって本気で思って働く人が、存在するんだ。俺のことを信頼して、一緒に戦ってくれる人も。そういう人を守りたいっていう気持ちがどんどん育っていく中で、あの人だけは許せないまま、恨む気持ちはどうしても、今の今まで捨て切れなかった」

この会社に来てからの東吾しか知らないけれど、社員を思う気持ちが人一倍強いことは、隣で見てきた私が誰よりもよくわかっている。相反する気持ちの中で、東吾はずっと苦しんできたんだろう。

空の果てから自分の手へ、一度目線を移してから、何かを決意するように、ぐっと拳を握りしめた。それから私の腕に手をかけてそっと自分の身体から引き離したあと、こちらに向き直る。

じっと私の目を見つめながら、東吾が言った。

「俺はあの家を捨てる」

はっきりと告げたその声に、私は思わず聞き返していた。

「それでいいの？」

上條を捨てるということは、自分を閉じ込めていた檻を捨てるのと同時に、東吾が守りたいと思った、大事な人たちも一緒に捨てることになる。苦しみながら必死に戦ってきた、今までの時間も、全て。

「いいんだ」

ふっと笑って、今度は東吾が私の身体に腕を回す。

「俺は里香さえいればいい。ほかのものは何もいらない」

ぎゅっと私の身体を抱き込んだ。まるで縋《すが》るように、強く。

その言葉を、そのまま素直に喜んでいいのか、私にはわからなかった。彼の隣にはいたい。だけど、彼から私以外の大切なものを奪うほどの価値が、私にあるとは思えない。

「ついてきてくれるよな？」

東吾が少し不安そうな声で、私に聞いた。

頷くのを躊躇って、でもそう言った彼の声がとても頼りなく思えて、否定の言葉なんて絶対に口に出せなかった。

「うん」

私はただそれだけ言うと、言葉の代わりに東吾の身体を抱きしめ返した。しばらくただ、お互いの体温を分け合うように、無言で抱き合う。

そんな私たちを見守るように、月は煌々《こうこう》と輝き続けていた。


翌日は東吾が社外に出掛ける予定があり、私はひとりで留守番だった。受付スペースの通常デスクで仕事をしている時、ふと思い立って、改革案が通って以来、お役御免になっていた佐倉目安箱のフォルダを開ける。最初に届いたメールは女子トイレの電球の交換依頼だった。そういえば初めはこんなのだったなあ、となんだか懐かしい気持ちになる。

初めから順に見返していくと、そこに残っていたのは、社員たちの生身の声だった。会社をよくしたいという気持ちが東吾への期待になって、ここに積み重なっている。

記憶を辿れば、すぐに東吾の真剣な横顔が蘇った。その声に応えたいと必死で頑張る姿を、私は誰よりも近くで見てきた。

昨日の夜、私だけがいればいいと言われて、とても嬉しかった半面、このまま全て捨ててしまうなんて絶対にダメだ、と強く思う自分がいた。それは一緒に戦ってきたあの日々があるからこそ、抱くことのできる感情だと思う。

ひとつひとつ見返しながら、これを送ってきてくれた人たちの気持ちに、思いを馳せる。あるメールを開いた時、ふと手が止まった。東吾が直接話をしたひとりである、事業企画部の中堅社員からのメール。

事業展開の案をひと通り述べたあと、そのメールの最後はこう締めくくられていた。

【社長がこれから築き上げていく会社がどんなものになるのか、楽しみに思うのと同時に、ここで働けることを誇りに思います】

不意に涙がこみ上げてきて、慌てて拭った。誇りに思う、と言ってくれた言葉が嬉しくて、これを初めて読んだ時も同じように泣きそうになったことを思い出す。

東吾はあの時、この言葉を、どんな気持ちで受け取ったのだろうか。メールを読んでいるその場に居合わせたわけではないからわからないけれど、なんとなく、私と同じように涙ぐんでしまったんじゃないかと思う。

全て読み返したあと、なんだかそのままデスクで仕事をする気になれなくて、パソコンを閉じて立ち上がる。経理部に用事があるついでに、少し遠回りをして、会社の中を歩いた。さすがに各セクションの扉の向こうまでは立ち入らなかったけど、それでも漏れ出る灯りや廊下から聞こえてくる声から、そこで働いている人たちの気配を感じられる。なんだかんだ言ったって、私はこの会社が好きなんだと思う。

研究開発部の扉の向こうから、西主任が姿を現した。目が合ったので軽く会釈すると、私のほうに向かって歩いてくる。

「社長、今部屋にいるかな？」

「いえ、今日は一日外に出ていますので、お戻りになるのは夕方かと」

私がそう答えると、「ああそっか」と残念そうに呟いた。

「何かご用なら、伝言を言付かりますが」

「いや、滋賀工場の件で試してみたいことがあって、直接話したかったんだけど」

そう言って手に持ったファイルを叩いている姿を、不思議に思って見返す。

「滋賀工場の話はダメになったんじゃ」

「あれ、社長から聞いてない？　予算が下りたんだよ、社長が副社長に頭下げてくれたおかげで」

驚いて言葉が出なかった。あの、見下すような態度を隠そうともしない副社長に、東吾が頭を下げた？

「予算を通すのに社長が頭下げなきゃならないなんて、この会社ほんとおかしいよね」

無言のまま固まっている私に苦笑いを寄越して、それでも主任はどこか嬉しそうに続けた。

「ずっと研究してきて、あともうちょっとってとこまできてる。俺たちのチームの悲願なんだよ。それを叶《かな》えようと頑張ってくれている社長には、本当に感謝してる」

西主任のチームが長年続けてきた研究には、東吾ものめり込みすぎるくらいに期待して、完成を切望していた。形になるその瞬間に、絶対に一緒に立ち会いたいはずだ。

西主任と別れて、自分のデスクに戻る。ファイリングした名刺の山からすぐに目当ての名刺を見つけ出すと、少し迷ってから、自分の携帯を取り出した。画面を見ながら、ひとつ大きく深呼吸する。

東吾にはまだ、守らなければいけないものがある。

相手が出てくれないことも考えたけど、電話は幸いなのかどうなのか、ワンコールで繋がった。すぐに響いてくるあでやかな声に、覚悟を決める。

話し始めた私の硬い声に、電話の向こうの彼女がくすり、と笑った。

数日間、これからどうするべきか、ひとりで考え抜いた。その結果を握りしめて、終業後に神崎室長の元へ向かう。

「相談したいことがあるのですが」

私が退職願を差し出すと、室長は驚いたように動きを止めて、私を見た。それでもすぐにいつもの秘書スマイルに戻ってそれを受け取る。

「少し場所を変えましょうか。面談室で待っていてください」

そう言って立ち上がると、退職願の封筒はデスクにしまってから、自分は給湯室に消えていった。何か淹れてくれるのだろうか、今日ばかりは室長に甘えて、私は先に面談室へと向かう。単に小さな会議室をパーティションで仕切ってあるだけの、悩み相談から簡単なミーティングまで幅広く行われる部屋だ。

一番左のコーナーを使用中にして、ぼんやり座って待っていると、お盆を片手に室長が入ってくる。「どうぞ」と置かれたコーヒーをひと口すると、私でも違いがわかるほどの香りの高さが鼻孔を抜けて、ぎょっとする。

「これ、もしかして真彦社長専用のやつじゃ……」

「たまには贅沢《ぜいたく》させてもらってもいいでしょう。どうせ私が管理してるんですから」

室長は簡単に言うけれど、真彦社長が来る時にだけケミカル本社から取り寄せる、一杯いくらか想像もつかない高級品だ。絶対もう二度と飲めないやつだから、じっくり味わおう。

「こちらもどうぞ」と差し出されたお菓子は、来客用の一粒三百円はする高級チョコレート。ほんとにいいのかな、と若干怖気づきつつ、まあいいかとすぐに開き直ってありがたくひとついただく。

室長もひと口コーヒーを飲んでから、カップを置いた。

「相談があるということですが」

私も手を止めて、姿勢を正す。

「会社が混乱している時に、大変心苦しいのですが、退職させていただきたいと思っています」

辞職を申し出る瞬間は、やっぱり緊張するものだな、と思う。今の私のような立場では、特に。

「社長から私的にですが、話は聞いています。社長自身が近いうちに辞任するつもりだと。今回の佐倉さんの退職は、それに付随するものと思っていいですか？」

「いえ。違います」

私は室長の言葉を否定したわけだけど、室長は特に意外に思う様子もなく、軽く頷いた。

「では、どういう考えで退職すると？」

どうやって話そうか、散々考えて話を切りだしたはずなのに、いざ改めて問われるとやっぱりすぐには言葉が出てこなかった。頭の中で漂っている自分の思いの断片を、できるだけ正確に伝わるようにゆっくりと繋げていく。

「私は、社長は辞任すべきではないと思っています。この会社には社長の力が必要です。そして社長ご自身にも、やり残したことがたくさんある。今辞任してしまったら、きっと後悔が残ると思います」

東吾のそばにいたいと思う気持ちよりも、東吾に後悔してほしくない、という気持ちのほうが勝った。

「あなたひとりで辞めるつもりですか?」

「はい」

「それは、社長には」

「話していません。私がひとりで考えて決めました」

室長は、私の真意を確かめるかのように、無言で私を見ていた。私もそれに答えるように、静かに見つめ返す。

しばらくして、室長がふう、と大きくため息をついた。

「それは、東吾をフる、って意味でいいんですね?」

「は?」

口調がいきなり砕けたものになって、面食らう。

「東吾は上條の名前を捨ててあなたと生きていくんだと言っていました。僕はそれを聞いてホッとしたんです。ようやく自分の人生を選べたんだと」

「えっと」

「僕はあなたに東吾にとって安らげる場所になってほしかった。実際付き合いだした時は本当に嬉しかった」

「あの」

「だけどあなたは東吾を置いていくんですね。とても残念だ」

「すみません……」

畳みかけられて思わず謝った私に、わざとらしく肩を落として落ち込んでいた室長が、ふっと表情を和らげた。

「謝る必要はありませんよ。最近のあなたと東吾の様子を見ていて、なんとなくこうなる予感はしていました」

そんなことを言われても、頭の中はハテナマークでいっぱいだ。室長の言ってることはすぐに理解できないことだらけで、何から質問していいかわからなかったけど、とにかく一番気になったのは。

「社長のこと、東吾って呼んでるんですか？」

私の疑問に室長は笑いながら答える。

「今は滅多に呼びませんが、昔は。実は僕も上條の遠縁なんですよ。東吾が上條邸に引き取られた時に、家庭教師兼話し相手として比較的年が近かった僕も呼ばれたんです。いわば兄貴分ですね」

「はあ……」

ようやく事情が呑み込めてきた。室長とふたりでいる時に東吾がやけに気安いのは、そんな関係だったからなのか。

「東吾は昔から異常に聞き分けのいい子でした。お母さんと過ごしている時だけ、唯一子供らしく振る舞えていたのに、お母さんが亡くなってから、さらに笑わなくなってしまって」

室長はカップを手に取ると、記憶を辿るようにゆっくりと口に運んだ。

「気を許せる誰かができればいい、とずっと思っていました。東吾が三星の社長に就任することが決まった時、これはチャンスだ、と思って」

「チャンス？」

「佐倉さんと東吾をくっつけようと思ったんですよ。佐倉さんは、東吾のお母さんによく似てる。あなたの指導をしながら、いつか東吾に会わせてみたいなと、ずっと思っていました。本当は、東吾の担当は僕が付いたってよかったんです。それでもあえてあなたにしたのは、そういう下心があったからです」

ふっと脳裏をよぎったのは、美恵子夫人の言葉。

「私、東吾のお母さんに似てるんですか？」

「顔の造作が、というより、醸し出す雰囲気がよく似てます。東吾と一緒によくお見舞いに行きましたけど、いつも前向きで、弱音は一切吐かなかった。強い人だったんだと思いますよ」

懐かしそうに目を細めて室長が語る人物像は、東吾が話していたのとそっくり同じだ。改めて素敵な人だったんだなと思うのと同時に、室長からそんな人と似ていると言ってもらえて、心から嬉しく思う。

「僕はあんな家、捨ててしまえばいいと思ってる。一度全部放り投げて、あなたと人生をやり直せるならそれが一番いいと。でもあなたの考えは違うんですね」

「……確かに、上條の家は、東吾にとって辛いばかりのものかもしれませんけど」

カップに口をつけて、心を落ち着かせるためにひと口、コーヒーを口に含んだ。室長はそんな私が話しだすのを、静かに待ってくれている。

「今全てを放り投げてしまったら、いつか自分を責めてしまうんじゃないかと思うんです。今までいろんな思いを抱えながら、それでも頑張って耐えてきたことが無駄になる。私は、後悔する東吾は絶対に見たくない」

背負っている荷物を、重いからといって簡単に捨ててしまえるような人なら、今までこんなに苦しんでこなかっただろう。重くても、辛くても、そこに守るべきものがあるなら持ち続ける。私は、東吾にはずっとそんな人であってほしい。

「……結局は、私のわがままなのかもしれません」

東吾の意思を無視した、自分勝手な決断なのかもしれない。東吾のためのように言いながら、ただ自分に自信がなくて、傷つくのが嫌なだけなのかも。この決断がさらに東吾を苦しめるかもしれないとも思った。それでも私は、自分は東吾のそばから離れるべきなんだ、と決意した。

「あなたがあなたなりに、よく考えて出した答えなんでしょうから。僕はその答えを支持します」

室長が真摯な声でそう言ってくれたことに、安堵《あんど》する。

「ありがとうございます」

「礼なんて言わなくていい。僕が余計な気を回したばかりに、結果的にあなたを傷つけることになってしまった。僕のほうこそ、あなたに謝らなければなりません。すみませんでした」

頭を下げる室長に、首を横に振ってみせる。

「私は、東吾の担当を引き受けたこと、後悔なんてしていません」

辛いこともあったけれど、それ以上に幸せな思い出のほうが多かった。ふたりで過ごせた時間は全部、私の中でキラキラと輝いていて、これからもずっと大切にし続けると思う。

「東吾と出会わせてくれたこと、心から感謝します」

本心から言っていることが伝わったのか、室長の表情が少し柔らかくなった。

「それじゃあ僕は、間違ってなかったと思っていいのかな」

「はい。少なくとも私にとっては」

できれば東吾にとっても、間違いじゃなかったと思いたい。これからどんな道を歩むのか、私にはもう関わることはできないけれど、私と過ごした日々を少しでも懐かしんでくれればいいなと思う。

「私がこんなことを言うのは、おかしいのかもしれませんけど」

室長に向かって、今度は私が頭を下げる。

「東吾のこと、よろしくお願いします」

室長は力強く頷いてくれた。

「全力で支えていくとお約束します」

ひとりで頑張らなくても、あなたの周りにはこんなにもあなたを思ってくれてる人がいるんだよ、と東吾に伝えたくてたまらなかった。

退職を伝えてからの二週間足らずは、慌ただしく過ぎていった。

秘書として、恋人として。

東吾の隣にいられるタイムリミットが、刻一刻と、近づいてくる。


「お帰りなさいませ」

社長室で外出先から戻ってきた東吾を出迎えると、東吾はふっと表情を和らげて、「ただいま」と言った。デスクの上に持っていた荷物を置いて、それから部屋の隅に目を向ける。私が昼休憩の間に買ってきたリンドウの花にすぐに気づいて、さらに柔らかい表情になった。

「お花屋さんに並んでいたので、思わず買ってしまいました」

「もうこんな季節なんだな。なんだか懐かしい」

一年前、その花を発見した時と同じように、優しい眼差しで私を見る。

お墓参りに連れていってもらった、あの日から一年近く経ったのだと思うと、時が過ぎる早さをまざまざと感じさせられる。あの時はまだただの社長と秘書で、でもあの時にはっきりと、この人を支えていこうと決意したのだ。

「もうすぐですね。お母様の命日」

「ああ」

「また今年も、連れていってくださいますか？」

「当たり前だろ」

穏やかに笑うと、東吾は私を手招きした。デスクの向こうに回って隣に移動すると、東吾の手が伸びてきて、私を抱き寄せる。今日ばかりは私も抵抗せずに、大人しく腕の中に収まった。

「今年はちゃんと、未来の奥さんです、って紹介しなきゃな」

笑いながらそう言う東吾を腕の中から見上げて、私も精いっぱいの笑顔を返す。

「嬉しい」

それは心からの本音だった。たとえ一日だけでも、お母さんの前で、彼の未来の奥さんになれることが、ただただ嬉しかった。

東吾の胸に顔を埋めて目を閉じると、彼の手が優しく背中を撫でていく。

窓から差し込む夕陽が私たちふたりを包み込んで、床にひとつの影を作っていた。


一年ぶりに会うクマのぬいぐるみ似の花屋さんは、私たちがふたりで並んで店に入ってくるのを見て、器用に片眉を上げた。

「今年こそいいご報告？」

「どうですかね。ご想像にお任せします」

東吾の返事ににんまりと笑うと、カウンターの後ろからバケツを取り出して掲げてみせる。

「東吾君のイメージに合いそうなリンドウ、ちょうど見つけたよ」

薄い紫色の花がついたリンドウが、バケツの中から顔を出していた。野生に群生しているのに近い、小ぶりな花だ。

「そうそう、こんな感じです」

「でしょー」

得意そうなクマさんは早速一本取り出して、じっくりと眺める。

「今年は東吾君も一緒に選ぼうよ」

「いや、俺花のこと知らないし」

「でも東吾君にしかお母さんの好みわかんないしさ」

早々に逃げ出そうとしていた東吾に先制して声をかけ、「ね？」と私に同意を求めてくる。「そうですね」と私も頷くと、東吾は不承不承といった感じで、その場に残った。

東吾が直感で選んでいく花を、クマさんが組み合わせていって、時折私の意見も求める。薄紫のリンドウに赤いケイトウやピンクのトルコギキョウをあしらった花束は、去年よりも可愛らしい雰囲気に仕上がった。

帰り際、クマさんがそっと私だけに耳打ちする。

「結婚式のブーケ、僕に作らせてよ」

私は笑って答えた。

「その時はよろしくお願いします」

夕陽に染まる墓地は、一年前と全く同じ風景のはずなのに、そこに眠るのが東吾のお母さんだとわかっているだけで、なんだか懐かしい感じがした。

去年と同じように東吾の後ろをついていくと、手桶を持った東吾が、空いた手を差し出してくる。私は花束を片手に抱え直すと、その手を取った。ふたり、手を繋いで黙々と、墓石が並ぶ細い道を歩いていく。

今年もすでに、お母さんのお墓は綺麗に掃除してあって、花も立ててあった。

「ほかにも誰か、お墓参りに来る人がいるの？」

不思議に思って尋ねると、東吾はこともなげに言ってのけた。

「松原だろ」

驚いてうっかり花束を落としそうになる。

「えっ？　松原さんって運転手の？」

「そう。あいつ、母さんに惚れてたから」

また驚いて、まじまじと東吾を見てしまう私に苦笑する。

「俺が上條の家に入った時からあいつは専属の運転手で、母さんの見舞いにもついてきてたんだ。一番初めに母さんを見た時に、いつも無表情のあいつが真っ赤になって。絶対ひと目惚れだぞ、あれ。俺にバレてないと思ってたみたいだけど、たまにひとりで会いに行ってたみたいだし」

笑いながら、ろうそくと線香に火をつける。密やかなロマンスに気を取られていた私は、慌てて花束を供えると、今年はちゃんと持参した数珠を取り出した。

東吾の隣で、目を閉じて手を合わせる。

会ったことはないけれど、きっと優しくて、強い女性だったんだろう。運命に翻弄されて、短い生涯に終わって、客観的に見れば恵まれた人生ではなかったのかもしれない。それでも、時折東吾の口から語られる女性の姿は、いつもいきいきと、生きることを楽しんでいた。

せめて空の上では、心穏やかに過ごしていられますように。

それから、心の中で謝った。

今から私は、あなたの息子を傷つけてしまうのかもしれません。

私のことを、許してほしいとは言いません。

ただどうか、見守ってあげてください。

誰にも頼れずに強くなるしかなかったあなたの息子が、これ以上苦しむことがないように。

祈り終えて顔を上げると、沈みかけた夕陽が雲の切れ間から現れていて、強いオレンジの光に目を射られる。落ち切る前にひときわ鮮やかに強まる光は、自分の身を焦がすことで存在を主張しているようでもあった。

手を合わせ続ける東吾を、隣で息を潜めて待った。辺りは静寂に満ちて、ただ風が木の葉を揺らす音だけが響く。

長く頭を垂れていた東吾は、やがて身体を起こし、お墓を見てまぶしそうに目を細めた。それから私のほうを向いて、手を差し出してくる。私が自分の手を重ねると、東吾は優しくその手を引いてお墓の前に私を立たせてから、そっと肩に手を置いた。

「母さん。里香だよ。俺の未来の奥さん」

そう言った東吾の声はいつになく穏やかで、涙がこぼれそうになるのをぐっとこらえる。今日の私には、涙を流す権利なんてない。

ありがとう、東吾。約束通り、ちゃんと私をお母さんに紹介してくれて。

そして。

「……ごめん、東吾」

「ん?」

「やっぱり私、未来の奥さんにはなれないや」

「……え?」

肩に置かれた手をそっと外すと、東吾から一歩、距離を取った。まだ自分が何を言われたのかよくわかっていない様子の東吾に、笑いかける。

「上條を捨てた東吾には、ついていけない」

「……里香？」

「私は、全部捨てないでほしい。東吾には、今のままでいてほしい」

東吾の表情がどんどんと、困惑したものになっていく。

「何、言って……」

「私たちが一緒に生きていくなんて無理なんだよ。東吾には東吾の立場がある。私にはそれは支えられない」

「だから、そんな立場は捨てるって」

「捨てられたって困るんだよ」

浮かべていた笑みを引っ込めて、今度は強い口調で言った。

「私のために、なんて言って、結局は自分が今の立場から逃げたいだけでしょう？　口実に私の存在を使われたって、そんなの困る」

困惑した様子の東吾の顔から、今度はどんどんと表情が失われていった。私も副社長や美恵子夫人と同じことをしてるのかと思うと、心がぎゅっとつかまれたように痛くなる。

「私以外に何もいらない、とか。……正直重い」

嘘だよ、東吾。俺は里香さえいればいい、って言ってもらえて、本当に本当に嬉しかったんだ。

　私には、その言葉だけで充分。

「別れよう、東吾」

　完全に色を失った東吾が、私をじっと見ている。

「嫌だ」

「私だっていろいろ考えたんだよ。それで別れるのが一番いいって」

「嫌だ」

　東吾がいきなり強い力で私を抱き寄せた。抗おうとすればさらに力が強まって、骨が軋《きし》むように痛む。

「放して……」

「じゃあ上條を捨てなきゃいいのか？　だったらこのまま」

「そういう問題じゃないの！」

　どん、と力いっぱい突き放すと、今度はあっさりと東吾の身体が離れていった。呆然としたまま小さな声で、「なんで」と呟く。

「東吾がどっちを選んだとしても、隣にいるのが辛いんだよ」

　社長の立場にいる東吾の隣にいれば、自分の無力さを思い知らされる。社長を捨てた東吾の隣にいれば、捨てさせてしまったものの大きさに押しつぶされそうになる。

そんな苦しさを抱えたまま一緒にいたって、幸せになれるはずがない。

「ごめんね……」

また泣きそうになって、ぐっと奥歯を噛みしめた。今日だけは絶対泣かない、そう決めてここにやってきたのだから。

弱い私でごめん。わがままな私で、本当にごめん。

こんな私を好きになってくれて、ありがとう。

「さよなら」

そう告げた瞬間に、ふわりと一陣の風が吹いた。その風に促されるように、ただ項垂れるままの東吾の姿に、背を向ける。

絶対に下を向かないように、そのまま前だけを見て歩いた。東吾の気配が感じられなくなるまで進んで、空を見上げる。

そこには一年前と同じ茜色の空が、ただ静かに、私を見守るように広がっていた。

決意の行方

……東吾、起きて。もう朝だよ。

「ん……」

愛しい彼女が自分を呼ぶ声がする。

どうしたんだ、今日はやけに起きるのが早いな。いつもは俺に叩き起こされるまで寝てるくせに……。

……うるさいな、私だってたまには早起きするんだよ。ねえ、見て、すごくいい天気。久しぶりにお散歩でも行こうか。

笑いかけてくる彼女の姿にこちらも自然に笑みが浮かんだ、その時――。

差し込む朝陽の光の強さに目を射られて、とろとろとした眠りの中から一気に現実に引き戻された。目を開ければそこに里香がいるはずもなく、あるのは散乱したアルコールの空き瓶と、苛立ち紛れに叩き割った彼女とお揃いのカップの残骸だけ。

里香に別れを告げられたあと、自分の部屋に戻ってくるまでの記憶が曖昧だった。想像もしていなかったことを言われて、その言葉を拒否したくて頭が考えることをやめてしまったみたいだった。あり得ない、嫌だ嫌だとただ子供のように思い続けて、それでも少しものを考えられるようになってきて顔を出し始めたのが、里香に対する怒りで。

どうして今になって、何も捨てるななんて言うんだ。俺はもう、覚悟を決めて、里香とふたりで歩く未来へ向かい始めていたのに。里香だって俺と同じ考えでいると思っていた、なのになんで。

自分を正当化して、里香だけを悪者にしたがる思考に嫌気がさして、結局酒の力を借りた。今だけは、もう何も考えたくなくて、家にあったアルコール類を片っ端から空けていった。酔っぱらった頭の中で思い浮かぶのは里香と過ごした幸せな記憶ばかりで、その記憶の中に逃げ込んで、気づけば浅い眠りに落ちていた。

酒の匂いを飛ばそうと、浴室に向かった。頭の上から熱めの湯を浴び続けて、少しずつ、冷静な思考を取り戻していく。

確かに、自分のことで精いっぱいで、ふたりで話し合うことをおろそかにしていたかもしれない。里香の中で、どんな葛藤があって、別れるという結論に達したのか、まずはちゃんと話を聞こう。別れようという要求だけは呑むつもりなんてさらさらないけれど、それ以外のことに関してなら譲れるだけ譲ってやれるはずだ。

殊更丁寧に身支度を調えて、松原を呼ぶ。普段は俺が命じたのもあって運転席から出てこないが、今日だけは外に出て、後部座席のドアを開けて待っていた。滅多に表情を変えないごいつにしては珍しく、妙に心配そうに俺を見てきて、それに対して苦笑で答える。

「今日はもしかしたら、お休みになるかと」

「そんなに無責任に見えるか、俺」

「昨日のご様子が普通じゃありませんでしたので。その……美園《みその》さんが亡くなった時のような」

母が死んだあとの数日のことも、そういえばよく覚えていない。ただ周りに言われるがまま、流されるように過ぎていった気がする。

「大丈夫だよ」

そうひと言だけ言うと、松原は微かに頷いて、ドアを閉めた。

車はいつも通り静かに走り始めて、窓の外を流れていく景色を見ながら、里香にまずどう話しかければいいのかと、ずっと考えていた。考えがまとまらないのにどんどん車は進んでいって、少し歩こうと途中で車を降りる。オフィス街は朝の喧騒に溢れていて、足早に歩いていく会社員たちに紛れながら考えようとするけれど、すぐに思考が散り散りになって消えていく。

ゆっくり歩いたつもりなのにすぐに着いて、すれ違う社員たちに挨拶を返しながら、柄にもなく緊張してきた。この時間ならばすでに里香は出勤しているはず。彼女はどんな顔で自分を出迎えるのだろうか。自分はどんな顔をすればいいのか……。

社長室のプレートの前でしばし迷い、それでも迷っていたってどうしようもないと思い切って、ドアを開ける。だけどそこにあったのは、里香の姿ではなかった。

「おはようございます、社長」

神崎がパソコンに向けていた顔を上げ、当たり前のように普通に挨拶を寄越した。

「なんでお前がここにいる？」

「今日から私のデスクはここになりますので」

しれっとした顔で里香が座っているはずの椅子から立ち上がり、慇懃《いんぎん》に頭を下げる。

「本日より、私が社長の秘書を務めさせていただきます。どうぞよろしく……」

「どういうことだ？　里香はどうした？」

襟元をつかんで詰め寄るが、神崎は全く動じることもなく答える。

「佐倉さんは昨日付けで退職されました」

神崎の言葉に思わず息を呑む。

「俺は何も聞いてない」

「言いませんでしたから。社長に知られないように、というのが佐倉さんの希望でしたから、私の一存で話を進めさせていただきました」

神崎は悪びれる様子もなく続ける。

「今回の件に関しては、社長に冷静な判断ができるとは思いませんでしたので。……何か異論でも？」

その表情が俺を嘲笑っているように見えて、突き飛ばすように襟元から手を離した。

「くそっ」

社長室から飛び出して、走りながら彼女の番号をコールするけど、一向に出る気配がない。役員用の駐車場に向かおうとして、今日は社内の予定ばかりだったため松原は本邸に帰したことを思い出した。呼び戻す時間が惜しくて、外に出てちょうど目の前を通り過ぎようとしていたタクシーを止める。

一度しか行ったことのない里香の家は、住所の記憶が曖昧だった。何度もしつこく電話を鳴らしながら、運転手に場所を説明するのが面倒になって、見覚えのあるところからタクシーを降りて走って探す。幸い視覚のイメージだけは鮮明に残っていて、すぐに見覚えのある茶色の外壁が見えてきた。

階段を駆け上がって、里香の部屋のインターホンを鳴らす。当たり前のように返事はなく、焦ってドアを力任せに叩いた。

「おい！　里香！　いるのか？　なあ⁉」

ドンドン叩き続けていると、隣の部屋のドアが少しだけ開いて、年齢不詳の赤い髪の女が半分だけ顔を出した。

「お隣さんなら引っ越したけど」

引っ越した、という言葉に一気に力が抜けて、ドアを叩いていた腕をだらんと下ろす。そこに里香がいないということが納得しきれず、ドアを引いてみるけれど、やはり開かなかった。ガチャガチャとただ俺を拒むように揺れるだけ。

そんな俺の様子を黙って見ていた赤髪の女が、また声をかけてきた。

「入りたいの？」

「え？」

「里香ちゃんの彼氏でしょ、あんた」

自分の部屋のチェーンを外して出てくると、里香の部屋の前に設置してあったボックスの前に屈みこむ。

「写真見せてもらったことある。里香ちゃん、ベタ惚れだったみたいね」

話しながら、ボックスについていたダイヤル式の鍵を回しだした。

「えらく急に引っ越すって言いだしたから、てっきりあんたがストーカーにでもなったのかと思ったけど、違うんでしょ？　詳しくは聞けなかったけど、里香ちゃん、悪いのは私なんだって泣きそうな顔してたよ」

簡単にボックスを開けてしまうと、中に入っていた鍵を差し出してきた。

「私、暗記得意でさ。四桁なんて、ちょっと見えたら覚えちゃうんだよね」

赤髪の女は「帰る時は戻しといて」と言い置いて、部屋に帰っていった。里香はあの一見得体の知れない隣人と、どうやら仲がよかったらしい。

手に入れた鍵を差し込むと、難なく回った。ドアを開けて、部屋の中に足を踏み入れる。

見渡したそこはもう、里香の気配の欠片も感じられない、がらんどうの空間だった。

俺と別れる、という里香の確固たる決意を見せつけられたような気がした。

そこからもう、一歩も動く気になれなくて、壁にもたれて座り込んだ。手の中の携帯は、今度は神崎からの着信で震え続けていた。俺の声を里香のもとには届けてくれないくせに、煩わしい声ばかり律義に伝えようとする小さな機械がなんだか憎らしくなって、電源を切って放り投げる。

どうして、と。また里香を責める言葉が頭をもたげる。

里香の中にはもう、俺と過ごす未来なんて欠片も残ってはいないのだろうか。話し合う余地すら与えてくれないほど、俺の隣にいることは苦痛だったのだろうか。

どうして。また俺を、置いていくんだ。

思考が曖昧になって、遠い記憶と混ざりだす。

嫌だ、死なないで。ひとりにしないで。

心の中で叫びながら、でも結局声には出せなかったその思いが、自分を取り巻く全てを憎む気持ちへと形を変えた。

どうして俺ばっかり、こんな思いをしなきゃならない？

こんなところに置いてくくらいなら、俺も一緒に連れていってよ。

なあ、里香。

ねえ、母さん。

俺はもう、ひとりになるのは耐えられない……。

そのままただぼんやりと、部屋に差し込む陽の光が移ろうのを見守っていた。わずかだった光量が時間とともに増していき、次第に部屋の中をさんさんと照らし始める。

光の中にうっすらと、誰かの影が見えたような気がした。

——母さん？

影は徐々に色をまとい、やがて形を取り始める。

母さんはこちらに向かって微笑んでいた。その姿に、無意識のうちに語りかけた。

「里香がさ、別れようって。俺の隣にいると辛いんだって」

母さんは微動だにしなかった。ただ、同じ表情のまま、こちらを見ている。

「なんでそんなこと言いだしたのか、俺にはわかんないんだ。俺は全部捨てるって言ったのに。里香だけを大事にするって言ったのに」

正直重い、と言ったあの言葉が、本心だとはどうしても思えなかった。でもだとしたら、何が彼女に別れを選ばせたのか。

「俺はどうすればよかったのかな。教えてよ、母さん」

誰かに教えてほしかった。俺が望むのはただ、里香がそばにいてくれることだけだ。それが叶うなら、なんだってしてみせる。

母さんは答えてくれなかった。ただ微笑みながら、そこに在り続ける。

「なんか言ってよ……」

母さんはいつもそうだった。俺が友達と喧嘩をした時、先生に怒られて帰ってきた時。ただ微笑みながら俺の要領を得ない話を聞いて、最後に必ずこう言った。

——考えなさい、東吾。どうして相手が怒ったのか。許してほしいならどうすればいいか。自分でちゃんと考えないと、納得できる答えは出ないわ。

何も答えてくれないまま、母さんの姿がゆっくりと薄れていく。それに伴って、今度は違う人物の姿が、おぼろげに浮かび上がってくる。

母さんと同じように微笑む、愛しい彼女の姿。

「里香……」

立ち上がって、一歩近づく。

「教えてくれ。俺はどうすればいい？」

一歩、一歩。ゆっくりと近づくけれど、さっきの母さんと同じように、彼女もただ、微笑み続けるだけ。

「どうして別れようなんて言うんだよ」

手を伸ばして里香に触れようとした時、彼女の口が動いたような気がした。

「何……」

答えが得られるのかと思ったその瞬間、彼女の姿は掻《か》き消えた。

——ふっと目を開けると、元の位置に座ったまま、手を空中に差し出していた。

呆然と、その手を見る。いつの間に眠っていたのか、どこからが夢だったのか。

里香の姿が消えた部屋の中は当たり前のように自分以外の人間の気配はなく、ただ伸ばした手の先には、ベランダに続く大きな窓から差し込む光が、宙を舞うホコリの影を浮かび上がらせるだけ。

里香の声はもう届かない。誰も、答えなんて教えてくれない。

夢の中で里香が立っていた場所に、同じように立ってみる。窓から見上げた太陽は、日に日にその輝きを弱めていくけれど、地上を照らし出す力は充分に残っていた。

その光が、頭の中を巣くっていた後ろ向きの思いを、ほんの少しずつ、掻き消していった。

どうして。そう、考えろ。

このまま里香を責めるだけの自分に成り下がれば、もう彼女を求める権利すら俺にはなくなる。

里香の声が届かないのだとしたら、俺が自分で、彼女の言葉のその本当の意味をつかみ取るしかない。

改めて、部屋の中を見渡した。里香は狭くて嫌だとぶつぶつ言っていたけれど、俺はこの狭さが嫌いじゃなかった。部屋にいる人間の息遣いが近く感じられる距離が、母と過ごした、あの古くて狭いアパートを思い出すからかもしれない。

ベランダに通じる窓を開けると、秋の風が入り込んできて、しばらくそこで風を感じていた。冷気を含んだその風が肌を刺して、俺に冷静に考える力を取り戻させてくれる。

俺が何を選んだって彼女を苦しめる、それならば。

お望み通り、全部背負ってやろうじゃないか。

『全部、捨てないでほしい』と里香は言った。

彼女と過ごした時間、それはそのまま、彼女と一緒に戦った時間だ。今まで築き上げたもの、それは俺にとってはもちろん、彼女にとってもとても大事なもののはず。社長の立場とともにそれを捨ててしまっては、彼女の努力も無駄になる。

上條の家も社長の立場も、どちらも捨てずに里香を手に入れようと願うなら、俺がもっと力をつけるしかない。誰にも文句を言わせずに、彼女を迎え入れられるだけの強さを。

どれだけこの部屋にいたのか、太陽は天頂を通り越し、また高度を落とし始めていた。投げ捨てたままだった携帯を拾い上げ、電源を入れる。部屋を出てから松原を呼び出すと、コール音が鳴るか鳴らないかの一瞬で繋がって、その速さに少し驚く。

「神崎から何か聞いたか？」

鍵を戻しながら思わずそう尋ねると、電話の向こうから硬い声が返ってくる。

『連絡が取れない、と。……滅多なことはないとは思いましたが、やはり心配で』

「絶望して死んでんじゃないかって？」

『そこまでは言いませんが』

階段を下りていくと、朝と全く同じ表情をした松原が、アパートの前の路肩に駐車して車を背に立っていた。連絡する前から待っていたのだろうか。

通話を切って近づき、直接声をかける。

「心配かけて悪かった」

俺が素直に頭を下げると、松原は一瞬目を見張ったもののすぐにいつもの無表情に戻り、でも目元に少しだけ柔らかさを滲ませて、無言で礼を返して後部座席のドアを開けた。


社に戻った俺を、神崎はわざわざ車寄せまで迎えに来た。その表情は本気で俺を案じているように見えて、罪悪感が頭をもたげたけど、社長室に入るなり一瞬で兄貴モードに切り替わり、嫌味をふんだんに含んだ説教を始めだす。

「別に上條東吾という人間がどこで野垂れ死のうと構いませんけどね、今のあなたはこの会社の社長ですから。もう少し自分の立場を理解して——」

「あー、大変申し訳ございませんでした」

確かに勝手に飛び出していったあげく電話を無視し続けた俺が悪い。悪いのはわかっているからありがたくお言葉を頂戴していたが、くどくど言われるのがいい加減耐えられなくなってきた。

「それよりも今日の予定だけど」

全て社内の用事ばかりだったとはいえ、完全にすっぽかす形になってしまった。おそらく神崎のことだから、すでに明日以降に振り替えてあると思うが、どう言い訳しようかと考えるだけで頭が痛い。

そんな思いが滲み出てしまっていたのか、神崎が白い目で俺を見た。

「どうせ今日は使い物にならないだろうと思って、昨日の時点で全て変更しておきました。理由はそれらしくでっち上げておきましたから、考えなくてもいいですよ」

「……それはどうも」

パソコンを開いてスケジュールを確認すると、今日の予定が見事に真っ白になっていた。重ね重ね、頭が上がらない。神崎は昔から、俺の行動パターンも思考パターンも全部お見通しで、いつもフォローしてくれてありがたい反面、少し悔しい気もする。

神崎にとって俺はいつまで手のかかる弟なんだろうか。

「飛び出していく時の顔があまりにひどかったので、もしかしたら立ち直るまでもっと時間がかかるかと内心ひやひやでしたが」

心底そう思っているような言い方で、顔を上げて思わず聞いてしまった。

「どんな顔してたんだ、俺?」

「降りかかった不幸に酔いしれる悲劇のヒーローみたいな顔です」

本当に俺に対して容赦がないと思う。一応、立場上は上司なんだが。

それから神崎は、白い目から一転して、穏やかな顔で笑った。

「すっきりした顔で戻ってきたので安心しました」

そうやって笑う顔も、昔と変わらなかった。敵ばかりだったあの家で、いつも味方であり続けてくれた笑顔。

「佐倉さんに協力したのは、彼女の言うことも一理あると思ったからです。あのままこの会社を離れていたら、どこかで後悔する時が来たかもしれない。少なくとも完全に忘れ切ることはできなかったでしょう?」

開発チームが長年研究してきた、原薬の製造。あれが形になれば、三星の業績が上がるだけでなく、上条製薬で進めている新薬の開発も一気に前進するはずだった。上条製薬の営業時代にその存在を知ってからずっと、完成させたいと思ってきた。それがあと、もう一歩のところまできている。

「でも佐倉さんの考え全てに賛同したわけじゃありません。僕はあなたに一番お似合いなのは彼女だと思っています。……取り戻すつもりなんでしょう?」

「ああ」

しっかりと神崎の顔を見据えて答えた。それを見た神崎が、大きく頷く。

「あなたが今度こそ、自分で選んだ道を。及ばずながら、全力でサポートさせていただきます」

里香が姿を消してから一週間足らず。午前中はデスクで仕事をこなし、時間を見計らって教えられたホテルに向かう。

案内されて個室に入ると、お嬢様は豪華なティースタンドを前に優雅にカップを傾けながら、ティータイムを満喫している最中だった。

控えていたバトラーが向かいのソファを勧めてくるのを手を振って断り、座らずにその横に立った。雅さんは俺が入ってきてからただの一度も、こちらを見てはいない。

『生憎私も忙しいのですけど。今度の水曜日は久しぶりに時間が空いたので、ひとりでお茶でもいただこうかと思っていますの』

頼みがあるから話す時間を取ってほしい、と電話で伝えると、彼女はそう言ったあと、時間と場所を告げた。あくまで〝ひとりでお茶をしているだけ〟だ。俺は招かれたわけではなく、一方的に押し掛けただけ。

雅さんがバトラーに退出を促した。静かに部屋を出ていくのを見送ると、部屋の中にふたりだけになる。

「お寛ぎのところ、邪魔をして申し訳ない。今日はお願いがあってきました」

立ったままそう口火を切ると、雅さんはようやくちらりと視線を寄越した。だが何か言うわけでもなく、再び手元のカップへと視線を戻す。

「……立ち消えになった三星と東京国際銀行との取引を今度こそ実現させたい。雅さんからも、頭取を説得していただけませんか？」

本当は雅さんの存在を抜きにして説得したかったが、今の三星の状態では納得させられるだけの材料が足りない。そもそも、先に雅さんとの交際ごとその取引を蹴ったのはこの俺だ。頭取に正式に断りに行った時、『大変残念だ』と告げた頭取の声には、確かに隠しきれない憤りがこもっていた。その俺が何を言ったって、話を聞いてくれるかどうかすら怪しい。

　俺の言葉を聞いて雅さんは、静かにカップを置いた。今度はしっかりと顔を上げて、俺と視線を合わせる。

「私、東吾さんにフラれたんだと思っていましたわ。それなりに私も傷ついたのですけど、何かの勘違いだったかしら」

「いえ。交際は確かにお断りしました」

「その私に、お父様を説得しろと？」

　にっこりと綺麗な笑顔を浮かべながら、はっきりと非難を口にした。

「あなた私をバカにしてるの？」

　責められて当たり前だということは、重々承知している。それでも今の俺には、梶浦頭取の力が必要だった。そしてそれを借りるためには、頭取が掌中の珠のように可愛がっている雅さんの力が必要だった。頭取が彼女の経営センスを信頼して、その発言にも一目置いているのは、短い付き合いの中でもすぐにわかった。その彼女が、味方に付いてくれれば。

「失礼なことを言っているのはわかっています。あなたの気持ちを踏みにじっていることも。それでもあなたに頼む以外の方法を思いつかなかった。お願いです、力を貸してください」

頭を下げた俺を、雅さんがじっと見ているのがわかった。突き刺さるような視線を痛いほど感じる。

「こんな小娘に頭を下げるなんて、あなたプライドがないの？」

呆れたようにそう言われても、悔しさなんて少しも感じなかった。頭を下げるだけで傷つくような自尊心なんて持っているだけ無駄だ。あの副社長のヘビみたいな視線を思い出せば、雅さんの真摯な眼差しに対して頭を下げるのはむしろ当然のようにも思う。

「今の僕にはこれしかできませんから。必要なら土下座でもなんでもしますよ」

「上條の御曹司が膝を折ると？」

「雅さんが望むなら」

雅さんは無言で俺を見続ける。顔を上げて彼女の表情を確かめると、本当にそんなことができるのかと、視線で問いかけてきた。

そんなことで東京国際銀行との取引が叶うのなら、安いものだ。里香を迎えに行くと決めた今、三星を立て直すために手段なんて選ばない。

俺が膝をつこうと屈みかけた瞬間、雅さんがそれを止めた。

「おやめくださいな。そんなくだらないこと望みませんわ」

中途半端な体勢からまた立ち上がる。彼女は今度は俺から視線を外して、目の前のティースタンドを見つめていた。

「……そんなに里香さんが大事？」

「え？」

今までの話の中で一度も里香の名前など出していない。里香が別れを告げて去っていったことなど、雅さんは知る由もないはずなのに。

「里香さんが三星をお辞めになったそうね。そしてあなたは一度断ったはずの取引を必死になって結ぼうとしている。少し考えれば何があったのかくらいすぐにわかりますわ」

それだけの情報で、普通の人間はすぐにわかると思えない。彼女の洞察力には脱帽する。

「どうしてそこまで必死になれるのか、私には理解できません」

そう語る表情はなぜか、寂しそうにも見えた。彼女の素顔が垣間見えたような気がして、ここに至って初めて、本気で心が痛んだ。

これまでは、彼女にとって大事なのは、理想の結婚相手の条件を満たすかどうかだと思っていた。彼女が交際を申し込んだのはあくまで上條の御曹司であって、俺自身のことなどほとんど見ていないのだと思っていたけど。
もしかしたら、わかりにくいだけで、彼女は彼女なりに俺に好意を抱いてくれてい
たのかもしれない。
それでも。雅さんをまた傷つけるのだとしても、ここで引くわけにはいかなかった。
「どうしても譲れないものを見つけたら、きっとわかります」
それはきっと俺じゃない。彼女がそれを見つけたら、それこそ形振《なり》り構わずに、全
力で繋ぎ止めに行くだろう。
「……本当に似た者同士だこと」
雅さんが何かを呟いた。意味をつかみ取れずに聞き返すと、「なんでもありません
わ」と笑って、向かいのソファを指し示す。
「お座りくださいな。目線が合わないとお話ししづらいわ」
先ほどまでと打って変わって、屈託のない笑顔だった。彼女が話を受け入れようと
してくれていることに気がついて、俺も素直に腰を下ろす。
「東吾さんとお父様がお話しできる場を設けます。お父様は本気であなたに期待して
いたの。私に気を使って取引の話は取りやめにしてしまったけど、きっと今でもあな

たに投資したがっているわ」

そう言ってくれることに安堵する。こんな力のない俺に、期待を寄せてくれることを、ありがたく思う。

「ただし。条件があります」

雅さんが挑むようにこちらを見た。俺は姿勢を正して、その視線を受け止める。

「ひとつは、一年で結果を出すこと。一年後、目に見える成果が現れていない場合は、その時点で手を引かせていただきます」

里香を取り戻すのに時間をかける気なんて、俺にもさらさらなかった。梶浦頭取の力を借りられるのならば、一年あれば充分だ。

「必ず。お約束します」

言い切った俺に頷いて、「もうひとつ」と続ける。

「その一年の間は、私の婚約者として振る舞ってもらいます」

「……婚約の、話は」

いくら取引のためとは言え、婚約はまた話が違ってくる。話が振り出しに戻りそうな気がして、言葉に詰まった俺を見て、雅さんはおかしそうに笑った。

「わかっています。あくまでフリですわ。一年経ったら、取引を継続するしないにかかわらず、婚約解消の形を取らせてもらいます」

俺にはその条件の必要性がよくわからなかった。ただ婚約者のフリをすることが、雅さんになんの恩恵をもたらすというのだろう。

「失礼ですが。……なんのために？」

戸惑いながら尋ねると、雅さんは今度はいたずらめいた表情を浮かべた。

「ただの意趣返しですわ」

呆気に取られた俺に笑って続ける。

「ただ協力するのも悔しいでしょう？　里香さんが、私と東吾さんが婚約することを知ったら、どう思うのか単純に興味があって。その一年の間は里香さんに連絡を取ることも禁止させてもらいます。真実をばらされたら面白くありませんから」

それは……なんというか。

「意地が悪いとお思いかしら？」

はっきりと肯定することもできずに曖昧に濁すと、雅さんはますます楽しそうな表情になった。

「一年は長いですわよ。その間に里香さんの心がほかの方に移ってしまったら、元も子もありませんわね」

確かに一年は長い。あの里香がそう簡単にほかの男と付き合うとは思えないけれど、一年あれば何があったっておかしくない。現にもう、里香を想っている強力なライバルをひとり知っている。それでも。

「わかりました。フリでいいのなら婚約者を演じましょう」

「よろしいの？　里香さんを誰かに奪われてしまうかも」

「その時は」

絶対に里香を取り戻すと決めたのだ。ほかの男に取られたからといって諦めるつもりなんてない。

「全力で奪い返しに行きますよ」

俺の返答に、雅さんは満足そうに頷いた。

＊　＊　＊

東吾に別れを告げた夜。

部屋を引き払ってから宿泊しているビジネスホテルの一室で、気が済むまで思い切り泣いた。泣いて泣いて、もう身体中の水分が出尽くしてしまったんじゃないかと思えるくらいまで泣いたら、少し心の中がすっきりした。

私の退職の話は、神崎室長から内密に、秘書室の人間にだけ知らされた。できたら東吾のお母さんの命日までに退職したい、という私の無茶な希望を、室長は無理やり通してくれた。急に辞めることになったにもかかわらず、秘書室の面々は怒ることなく受け入れてくれた。そして、退職することは東吾には内緒にしたいという私のわがままを聞いて、最後の最後まで普段と変わらずに接してくれた。私と東吾の間に何があったのか、みんなきっと気になっただろうに、誰も何も聞いてこなかった。

会社を辞めたあとは、すぐに実家に帰ろうと決めた。うちの家族はお母さんを筆頭に、お父さんも弟も、みんな陽気な人間ばかりだ。あの騒々しい家族に囲まれて過ごせば、余計なことは考えずにいられると思った。

別れの日に向かって、ひっそりと東京を去る準備を整えた。秘書室以外のお世話になった人たちに挨拶ができなかったのが心残りだけど、でもこうするほかにどうすればうまく別れられるかわからなかった。私から別れを切りだせば東吾が引き留めてくれることはわかっていたし、本気で引き留められれば決意が揺らがない自信がない。

別れを告げて、そのあとはすっぱりと連絡を絶つのが一番いいと思った。

泣き疲れて眠った次の日、いつも大音量の目覚まし時計がないと起きられないのに、珍しく自然と目が覚めた。シャワーを浴びてすっきりして、でも何もする気が起こらずにベッドに座ってぼーっとしていると、枕もとに置いてあった携帯が震えだした。相手は東吾で、何度も切れてはすぐにまた震えだす。繰り返し表示される東吾の名前を、複雑な思いで見つめていた。

何度か着信拒否にしようと思って携帯を手に取るものの、結局できずに画面を消すことを繰り返していた。どうせ電話に出るつもりはないのだから同じなのかもしれないけど、〝拒否〟という行為がどうしても嫌だった。それはきっと心のどこかにまだ東吾と繋がっていたい気持ちがあるからで、そんな自分の未練たらしさに嫌気がさす。

逃げるように勝手に会社からいなくなった私を、東吾はどう思っているだろう。さすがに怒っただろうか、呆れただろうか。最後に見た、表情を失った東吾の姿を思い出して、涸れたと思った涙がまた滲んでくる。できたらあまり悲しまないでくれたらいいな。私のことなんて忘れて、また仕事に打ち込んでくれたらいい。

しばらくして、また携帯が沈黙を取り戻した。今度こそ着拒にしてしまおうと思って取り上げたけど、どうしても指が動かなくて、結局何もできないままベッドの上に倒れ込む。

今日はきっとこんな感じだろうと思って、実家に帰る新幹線の予約を明日にしておいたのは正解だった。今日はひとりで、思い切り落ち込んで、明日からちゃんと立ち直ろう。茉奈ちゃんが仕事を休んで見送りに来てくれるっていうし、いつもの私に戻るのは明日からでいいや。

そう決めたら少し楽になって、部屋に閉じこもる準備をしようと、近くのコンビニで一日分の食糧を買い込む。掃除不要のカードをドアにかけると、とりあえずテレビをつけた。それからは、ぼんやりテレビを見ながら泣き、窓の外を眺めながら泣き、お腹が減ってチョコレートを食べながら泣いた。涙腺がバカになったんじゃないかと心配になるくらい、突然涙がこぼれてきて、しばらくしたら止まることを繰り返す。

明日はきっと瞼《まぶた》がパンパンに腫れて、今日以上にひどい顔になるだろう。

そんな風に一日過ごして、いつの間にか夕陽も落ちかけて部屋の中が薄暗くなった頃、また携帯が震えだした。東吾かと思って目をやると、表示されていたのは〝真木〟の文字。

「もしもし……」

『何勝手に会社辞めてんだよ！』

耳元で盛大に怒鳴られて、思わず携帯を遠ざける。

『俺にもなんの相談もなしかよ！　今までどんだけ愚痴聞いてやったと思ってんだ！

この薄情者!!』

あとで連絡すればいいやと思って、真木にも何も伝えていなかった。今までの真木との付き合いを考えると、薄情者呼ばわりされても仕方ないかな、と自分でも思う。

「ごめん」

私が素直に謝ると、電話の向こうであー、と唸《うな》るような声がして、幾分落ち着いたのか声量が普通に戻った。

『とりあえず一回会おうぜ。今日は厳しいし、明日の夜……』

「ごめん、それ無理。明日の夜にはもう実家に着いてるから」

私の答えに真木が不思議そうに返してくる。

『実家って、何、帰省でもすんの?』

「帰省じゃなくて引っ越し。もう部屋も引き払っちゃった」

『引っ越すだぁ⁉』

また大音量が聞こえてきて、慌てて携帯を遠ざける。

『部屋引き払ったって、おま、明日ぁ⁉』

何もそこまで動揺しなくても、と思うくらい、見事に驚いてくれている。ちょっと落ち着きなよ、と心の中で突っ込んだ。

『本気で俺にひと言もないまま、会わなくなるつもりだったのかよ？』

今度は大層落ち込んだ声が聞こえてきて、本日三度目の「ごめん」が口から滑り出た。正直東吾のことで頭がいっぱいで、真木のことまで頭が回らなかったというのが本音。

「ほら、何も一生会えないわけじゃないしさ。東京までなら一時間半で着くし」

『だからってさ』

「またすぐ遊びに来るよ。そしたら飲みに付き合ってくれるでしょ？」

一時間半なんてあっという間だ。今の時代、連絡先さえ知っていれば、会おうと思えばいつでも会える。気の合う友人として真木とはずっと付き合っていきたいし、東吾がこれから作り上げていく会社の話も聞きたいと思った。さすがに今みたいなペースでは会えないけど、それでもそれなりの頻度で遊びに来ちゃう予感がする。

「一応お別れだけど。これからもよろしく、だよ」

私がそう言うと、今度はなぜか、長い沈黙が続いた。通話が切れてしまったのかと心配になって、「聞こえてますかー」と問いかけると、すぐに『聞こえてるよ』と返ってくる。

『なあ』

「何?」

『………なんでもない』

だからその間はなんなんだ、と思ったけど、これも心の中で突っ込むだけにした。

声がずっと沈んでいて、私がいなくなることを本気で寂しく思ってくれているのが伝わってきて、なんだか嬉しくなる。

「元気でね。新商品の開発、うまくいくよう祈ってる」

『……お前も。元気でな』

「うん。じゃあ」

電話を切ると、さっきまで落ち込んでいた気持ちが少し浮上しているのがわかった。

やっぱり真木の存在は私にとっては特別で、同期として出会えてよかった、としみじみと思った。


次の日もすっきり目覚めることができて、窓から外を眺めながら、大きく伸びをする。朝からいい天気で、お日様も私の旅立ちを見守ってくれているような気がした。

昨日買っておいたパンで簡単に朝食を済ませてから、荷物をまとめて、のんびりチェックアウトして東京駅に向かう。上京した時は途方もなく広く見えた駅も、東京という街に染まっていくにつれ馴染んでいき、行きかう人の流れの速さにももう慣れた。向かってくる人にぶつかってはいちいち謝っていた、あの頃が懐かしい。

スーツケースをロッカーに預けて茉奈ちゃんとの待ち合わせ場所に向かうと、先に向こうが私を見つけて、「里香さーん」と手を振ってくれた。駆け寄った私を見て、一瞬ぎょっとする。

「どうしたんですか、その目」

寝る前にできる限り冷やしたおかげで、自分ではそんなに腫れなかったと思ったんだけど、やっぱりダメだったか。

「いや、ちょっと……」

「昨日どれだけ泣いたんですか？　社長と一体何があったんですか？」

茉奈ちゃんがぐいぐいと近づいてきて、私の顔を覗き込んだ。

「みんなにはそっとしとけ、って言われましたけど、私は聞きます。どうして里香さんが辞めることになっちゃったのか、全部説明してもらいますからね」

その宣言通り、早めのランチをとりながら、茉奈ちゃんは私を質問攻めにした。私も答えられる範囲でできる限り答えたので、ひと通り質問が終わったあとは、かなり正確に事の経緯を把握できたんじゃないかと思う。

茉奈ちゃんは最後のデザートを口に運びながら、納得のいかないような顔で何かを考えていた。

「バカですよ、里香さん。なんで社長のこと好きなのに、フっちゃうんですか」

そうやって言われると、矛盾してるな、と自分でも思う。でも所詮人の心の中なんて、矛盾だらけなんじゃないだろうか。

「ほんとバカだよね」

私が力なく笑うと、茉奈ちゃんはぷうっと頬を膨らませてから、ため息をついた。

「まあ、里香さんが納得してるんなら、それでいいです。私はいつだって里香さんの味方ですから」

ずっと味方してくれている気持ちは、とても嬉しく思う。期待に応えられなかったことは申し訳ないけれど。

「ありがとう。……シンデレラドリーム、実証できなくてごめんね」

そう言って頭を下げると、茉奈ちゃんはちょっと笑って、小さく首を横に振った。

ランチのあとは一緒にお土産を物色して、時間が近づいてきたので荷物を取りに行って、そのまま改札に向かう。最後まで見送ってくれるという茉奈ちゃんは当然ついてきてくれたけど、改札に着いた途端、なぜか周りを見回し始めた。

「どうしたの?」

しばらくきょろきょろしていたけど、突然ある一点で視線を止める。

「私は里香さんの味方ですから。里香さんが幸せになるんなら、相手は王子様じゃなくてもいいんです」

茉奈ちゃんは、「まあ、顔だけは王子様ですけどね」と呟きながら、そちらに向かって大きく手を振った。

何げなく同じ方向を向いた私の目に飛び込んできたのは、息せき切って走ってくる真木の姿だった。

「間に合わないかと思って心配しましたけど」

肩で息をしながら膝に手を当てる真木に茉奈ちゃんがそう言うと、真木は不服そうに軽く睨む。

「だったらもっと早く教えてくれよ」

「今まで何も言えなかった人が里香さんに相応しいのか、私も自信がなかったんです」

意味不明な会話についていけずにふたりの顔を交互に見比べていると、それに気づいて茉奈ちゃんが苦笑した。

「朝になって電話がかかってきたんですよ。里香さんが何時に帰るか、知ってたら教えてほしいって。その時は教えなかったんですけどね、ランチのあとに今度は私から電話しちゃいました」

真木は息を整えながら若干きまりが悪そうにしている。そんな真木の背中をばん、と叩いて、茉奈ちゃんは私に向き直った。

「それじゃあ、私はこれで。また連絡しますから。里香さん、お元気で」

「う、ん。茉奈ちゃんも元気で」

まだいまいち状況を呑み込めていない私に一度ぎゅうっと抱きつくと、茉奈ちゃんは笑って帰っていった。

よくわからないままふたり取り残されて、改めて真木を見る。もうすでに上がった息は落ち着いていて、視線は私に向けられていた。

「……もしかして見送りに来てくれたの？」

「ああ」

真木がなんだかぶっきらぼうに頷いた。

それはまあ、嬉しいんだけど、昨日の元気でね、は一体なんだったのか。それに今日、平日じゃ……と思ったところで、はっとする。

「あんた今日仕事じゃないの？」

「サボった」

「サボったぁ⁉」

昨日とは反対に私が叫んでいた。

別れの挨拶なら昨日の電話で充分だろう。そもそも、またすぐ遊びに来るって言ってるんだから、何も今日無理して会いに来なくても……。

「やっぱちゃんと言っておかないと、って思ったんだよ」

「何をよ？」

怪訝《けげん》な顔を隠せない私に対して、真木は一度姿勢を正すと、真面目な顔で言った。

「俺、お前のこと好きだから」

あまりに唐突な発言に、勝手に口がぽかんと開く。

「は？」

「俺、お前のこと、好きだから」

ひと言ひと言区切るように強調する真木の口調も表情も、一切ふざけている様子はなくて、真剣そのもので。

「友達……」

「じゃなくて女として」

「冗談……」

「じゃねえよ。逆に聞きたいんだけど、お前今まで全然これっぽっちも気づかなかったの？」

反対に呆れたように問われて、私もムキになって言い返す。

「だってあんた、いっつも合コンしたいだの、いい女はいないかだの、私の前で叫んでたじゃない」

「でも実際彼女なんて作んなかっただろうが。お前があまりにも俺のことを男として見ないから、待ってたんだよ。友達ポジションなら堂々と飲みに誘えるだろ。言っとくけど、俺が自分から誘ってたのはお前だけだから」

そんなこと言われたって、友達だとしか思ってないのに気づけるわけないじゃない。

「現に周りの人間はほとんど知ってたぜ」

「周りの人間って」

「秘書室の面々とか開発のヤツらとか」

そういえば茉奈ちゃんもそのひとりか。さっきの会話の意味が、これでようやくわかった気がする。

「なんでみんな知ってるのよ」

「だから俺の態度がわかりやすいからだろ。肝心の本人にだけ伝わらなかったけどな」

なんだかどんどん私が悪いような気がしてきて、憮然《ぶぜん》として黙り込む。だって本気で真木は友達だと思ってたし、合コンしまくってるんだと思ってたし。

「だから、ちゃんと伝えに来たんだよ。もう知らなかったって言い訳できねえように」

真木が真っすぐ私を見つめる。友達だったはずの人間にいきなり男の顔をされて、戸惑うあまり茶化してごまかしてしまいたくなるけど、それはしちゃいけないということくらい、いくら鈍い私にでもわかる。

「……真木の、気持ちは、嬉しいけど」

「ストップ」

真剣に答えようとしているのに待てがかかった。

「今断ろうとかすんなよ。俺はこれからが本番だと思ってるから。お前が来ないなら俺から会いに行く。まずはお前が社長を吹っ切るまでは待つ。六年越しの片想いなめんな」

本気でそう言ってくれる真木を見て、私はなんだか泣きそうになった。

六年越しって何よ、入社してからずっとじゃない。私はなんにも知らないで、真木の優しさに甘えるだけ甘えて、あげくほかの男と別れたから遠くに行っちゃうって、すごい最低じゃない。なのにまだ諦めないって。

「なんでお前がそんな顔するんだよ」

「あんたがあまりにバカでかわいそうになったのよ……っ」

私のひどい言い草に真木は怒りもせずににっと笑って、それから何か思いついたように一歩近づいてきた。

「はっ？」

「じゃあ、そのかわいそうな俺に餞別《せんべつ》寄越せ。……キスさせろ」

ふざけてるのかと思ったら本気のようで、さらに一歩距離を詰めると私の腕を捕らえて顔を近づけてきた。

「ちょっ、バカ、餞別って普通逆っ……」

捕まった腕でなんとか抵抗しようとあがくけど、力では敵わない。真木の息が感じられるまで接近してきて、思わず目を閉じて顔を背けると……。

頬に軽く唇が触れて、すぐにそのまま離れていった。

目を開けるとまだ真木の顔がすぐそこにあったけど、よく見ると耳元が真っ赤で。

「なんであんたが顔赤くしてるのよ」

「うっせえな」

呆れた声の私に照れたように毒づくと、手で口元を隠して勢いよく離れていった。

「とにかく！　近いうちにまた連絡するから。無視すんなよ、返事しろよ！」

それだけ早口で言うと、「じゃあな」と叫ぶように言い放って早足で歩き去る。一度も振り返らず大股で歩くその後ろ姿を見送りながら、私まで照れてきて。

真木のことはまだ、友達としか考えられない。でももしこの先、ずっと交流が続いて、今みたいな居心地がいい関係であり続けたとしたら。

今目の前に当たり前にあるものが、明日いきなり形を変えることも、あるのかもしれない。だからこそ、人生は楽しいのだ。

＊＊＊

――一年後。

最後に「一緒にお茶しましょ」と雅さんに招かれて、一年前と同じようにホテルに向かう。ティールームの個室に通されると、雅さんと、なぜか頭取の姿もあって驚いた。思わず足を止めた俺を見て、雅さんは楽しそうに笑う。

「お父様がどうしても、って」

「ご一緒してもいいだろうか?」

頭取本人にそう言われて、本当は嫌だと即答したかったけどそんなわけにもいかず、表面だけ笑って頷いた。

一年前とは違いすぐに席に着いた俺に、バトラーがすっと近寄ってくる。適当に注文すると程なく全員の紅茶とティースタンドが運ばれてきて、和やかなティータイムが始まった。

話すのは主に雅さんと頭取で、俺は相槌を打ちながら、合間合間で口を挟む。偽婚約者の期間中、何度か雅さんの自宅に招かれることがあって、時には雅さんのお母さんやお兄さんの収さんまでが加わって話したこともあったけど、とても仲のいい家族だった。こんな家族のもとで育ったから、雅さんのようなのびのびとした、一風変わったお嬢様が出来上がったのかと、納得もできた。

「新原薬の製造は順調かね?」

「おかげさまで」

西の主導のもと進めてきた新原薬の開発は、いかに大量生産するかが最後の課題だったけど、頭取の支援もあり、最新の製造設備を整えることができ、今は安定供給に向けて生産を進めている。製造システムの確立を発表したあとから三星の株価は上昇し続け、国内はもちろん海外からも取引を求めてくる製薬会社があとを絶たなかった。そして、上條製薬で行われていた新薬開発は次の段階に入った。こちらの完成はまだまだ当分先の話になるだろうけど、大きな一歩を踏み出したことは間違いない。

「本当に一年でやり切ったな」

「正確には一年より少しかかってしまいましたが」

季節は秋を通り越して冬の気配を見せ始めていた。雅さんとの約束を破ってしまった形になるけれど、当の雅さんは、「誤差の範囲内ですわ」と笑って許してくれた。

頭取がどこかしみじみとした様子で俺を見て、手にしていたカップを置く。

「東吾君、考え直さんかね？　雅の手綱を握れるのは君しかいないと思うんだが」

「お父様。人を暴れ馬のように言わないでくださいな」

雅さんが横目で頭取を睨んでいる。そのやり取りを微笑ましく思いつつ、苦笑して謝った。

「申し訳ありませんが、婚約解消はもう決まったことですので」

雅さんとの婚約解消は、先日すでに正式に、ふたりで報告してあった。といっても、この婚約は形だけだということを、頭取がわかっていたのは明らかだった。雅さんから伝えたわけではないようだけど、一番初め、取引の交渉をしに行った時点で薄々勘付いていたようだったし、折あるごとに頭取から雅さんを薦める内容の話をされて、そのたびに話を合わせるのが大変だった。これならいっそ、偽装婚約だろうと面と向かって問い質されたほうが楽だと何度思ったことか。

「もう充分お話しできたでしょう？　私は東吾さんとふたりで過ごしたいの。お邪魔虫ばかりしてないで、少しは気を使ってくれたらどうかしら」

「おお、もうこんな時間か。東吾君、私はここで失礼するよ」

腕時計を確認した頭取は、雅さんに急かされるように席を立った。こちらも挨拶のために立ち上がると、にこやかに手を差し出してきた。

「君の義父になれなかったのは残念だが。これからはともに戦う経営者同士、よろしく頼むよ」

その手を両手で握り返す。

「こちらこそ。よろしくお願いします」

少し慌ただしく部屋を出ていく頭取を見送ると、雅さんが苦笑した。

「お父様、まだ諦めきれてなかったのね。よほどあなたを息子にしたかったみたい」

「大変光栄です」

「あら。そう思うのなら本当に考え直します？」

座り直しながら案外真剣な声で雅さんが言った。カップに伸ばしかけた手を思わず止めると、「冗談よ」と笑う。

「これで晴れて婚約も解消できて、業績も上げたわけですけど。いつ里香さんを迎えに行くおつもり？」

小首を傾げる雅さんに答える声が、自然と硬くなる。

「まだ最後の難関が残ってますから」

そう、里香と生涯をともにしようと思うのなら、絶対に避けて通れない話し合いがひとつ、残っている。雅さんにもなんのことかすぐにわかったようで、俺を見る目にうっすらと哀れみの色が浮かんだ。

一年前、嘘とはいえ婚約することになったからには、父と美恵子さんに報告しないわけにいかず、雅さんとともに本邸を訪れた。少なくとも俺の目から見たら、美恵子さんは和やかに応対していたが、雅さんは俺と美恵子さんの間に流れる空気をすぐに悟ったようだった。

雅さんがどの程度、上條の家の内情を知っているのかはわからない。おそらく俺が庶子であることは把握しているだろうが、彼女はそんな話はしなかったし、俺からも話すつもりはなかった。それでも、彼女が俺に同情に似た感情を抱いたことは、上條の家の話題が出るたびに彼女が浮かべる表情で、なんとなくわかった。

「婚約解消の報告も含めているのでしょう？　私も一緒に行かなくてよろしいの？」

気遣わしげな声でそう尋ねてくる雅さんに向かって、静かに首を横に振る。

「報告は僕ひとりでします。そこから先は上條の人間同士の話し合いですから」

おそらく味方してくれるつもりだろう。その気持ちは嬉しいけれど、すでに部外者の雅さんを立ち会わせるわけにはいかない。それに。

「これ以上あなたに助けてもらうわけにはいきません」

ただの意趣返しだと雅さんは言ったが、彼女と婚約する形を取ることで仕事がしやすくなったのは確かだった。特に権力に弱い人間は、梶浦頭取がバックについたことで掌を返したように何も言わなくなった。雅さんがこの条件を出した時、どこまでの意図があったかわからないが、多分全て見越していたのだと思う。

雅さんはもう充分すぎるほどの力を貸してくれた。これからは、俺ひとりで戦うべきだ。

「これまで本当にありがとうございました」

自然と頭が下がった俺に、「礼なんていりませんわ」と顔を上げるよう促した。

「偽物でしたけど、婚約者として過ごした時間は私も楽しませていただきました。……里香さんとの未来が輝かしいものになるよう、お祈りしております」

そう言って浮かべた笑顔は、今までで一番穏やかなものだった。

雅さんのもとを辞して車に乗り込むと、珍しく松原のほうから俺に話しかけてきた。

「少しお立ち寄りいただきたいところがあるのですが。よろしいでしょうか？」

「別にいいけど」

今日は久しぶりにきちんと休みを取っていたし、ほかに特に予定も入れていないので寄り道してもなんの問題もないが、松原がそんなことを言いだすのは初めてだった。

少し考えてみたけれど、こいつが俺を連れていきたがる場所なんて心当たりがない。

「どこに向かってるんだ？」

窓の外を眺めながら尋ねると、松原はあっさり答えた。

「美園さんのお墓です」

「母さんの？」

「今日は月命日ですから」

今日の日付を思い出して、そういえばそうだったな、と気づく。母が死んだ当時はそれこそ暇があれば行っていたし、落ち着いてからも月命日は必ず参るようにしていたのに、社会人になってからは忙しさにかまけて間隔が空き始めた。今ではもう、命日に参る以外はたまに足を運ぶ程度で、月命日まで意識することはなくなっていた。

あんなに寂しいと思っていた気持ちも母のことを思い出す時間も、時の流れとともに減っていって、それは残された人間が生きていく上で必要なことなのかもしれないけど、少し悲しくも思う。

「お前は今でも、毎月通ってんの？」

自分以外の人間が墓を訪れていることに気づいたのは、働き始めてすぐくらいだっただろうか。あの頃は役付きではなくただの営業で、外回りに行った帰りに何げなくふらっと足を運んだ時に、まだ新しい花が供えられているのを見つけた。初めは誰だかわからなかったが、この場所を知っているのは限られた人間だけだし、思い当たるのは松原しかいなかった。本人に直接聞いても、曖昧に言葉を濁すだけだったけど。

そのあとから松原は、毎月参るようになったのだろう。月命日に訪れた時は必ず花が供えてあった。俺の代わりに母に会いに行ってくれる人がいることに安心して、足が遠のき始めたのもあるのかもしれない。

何げなく聞いただけだったのに、返ってきたのは意外な答えだった。

「私がひとりであの墓を訪れたことは、一度もありません」

「は？」

「毎月花を供えているのは、私ではありませんよ。勘違いをしているのならそのままにしておけと言われて、あえて正しませんでしたが」

こいつはまた何を言いだすんだろう、と驚くより先に訝しく思う。それなら一体誰が参っているというんだ。

「お前以外に誰がいるんだよ」

「真彦様です」

は、とまた間の抜けた声が出る。

「なんの冗談？」

「冗談ではありませんよ。美園さんが亡くなられた時から、東吾様に知られないように密やかにお参りされていました。私が参っているのだと東吾様が勘違いなさってからは、隠そうという気遣いはやめられたようですが」

バックミラー越しに見える松原の表情はいつも通り淡々としていたが、嘘をついているようには見えなかった。そんな嘘をついたってどうしようもないことはわかるけれど、でもその話の内容は簡単に信じられなかった。父が、毎月母の墓前に花を供えるなんてこと、するわけない。

「……どうして、そんなこと」

「それはご本人に聞いてください」

窓の向こうの景色が松原の言う通り、見慣れたものに変わってきた。墓地の駐車場に入ると、隅に見慣れた車が一台、停まっているのに気づく。それはいつも父が移動に使っている車で、その横にたたずんでこちらを見ている男は、確かに父の専属の運転手だった。

父の車の横に駐車すると、松原が車を降りた。見ているものが信じられなくて……信じたくなくて、ただ呆然とその車を見つめることしかできない俺を促すように、静かに後部座席のドアを開ける。

「これまでずっと嘘をつき続けたこと、お詫び申し上げます。……どうぞ、ご自分の目と耳で、真実を確かめていらしてください」


目をつむってでも歩けるんじゃないかと思うくらい通い慣れた道を、母の墓前へ向かって辿る。嘘だ、父がいるはずない、と思うのと同時に、なぜかそこに父がいる光景が自然と思い浮かんできて、歩を進めるごとに確信へと変わっていく。

やがて母の墓の前に、しゃがみ込んで手を合わせている人影が見えてきた。その横顔は、無心で祈っているようでもあり、懺悔《ざんげ》しているようでもあった。

近づいていく俺に気づいて、その人物が頭を上げる。俺の顔を見上げた途端に動きを止めて、驚いたように目を見張る。

お互いに声が出なくて、しばらく無言で見合っていた。仕事の場以外で父とふたりきりになることなんてほぼなくて、もしかしたら初めてかもしれない、とも思う。

先に沈黙を破ったのは父のほうだった。

「……松原か」

そう呟くと、ゆっくりと立ち上がった。

「何か聞いたか」

「あなたが毎月ここを参っている、ということだけ。それ以上のことは直接聞け、と」

「お前は何が聞きたい？」

そんなこと冷静に聞かれても、まだ混乱している頭の中では質問なんか考えられなかった。ただ考えつくままに、自分の思いを口にする。

「……僕は今まで、あなたは母さんのことを、ただ戯れに抱いて捨てたんだと思ってました。一時の過ちにすぎなかったんだと」

母が俺を身籠もった経緯は、何も知らない。ただ、母が倒れるまで父は迎えに来なかったし、俺を上條に迎え入れてからも、母が死ぬ直前まで見舞いにすら来なかった。それが全てなんだと、俺はずっと思っていた。

「だから、あなたが毎月墓前に花を手向ける理由が、わかりません」

あんな風に深く頭を垂れて、許しを請うように。今まで抱いていたイメージと、その姿はまるで真逆だった。あれでは、父が母を心から大切に思っているようにしか見えなくて。

父は一度頷くと、視線を墓のほうへ移し、ゆっくりと話しだす。

「美園はいわゆる幼なじみだった。年が離れていたから、妹のようなものだったが」

母の墓を見つめる目は、いつもの厳格さの中にどこか柔らかさを帯びていた。……まるで、愛おしいものを見つめるみたいに。

「美恵子との結婚が決まった時、美園からずっと好きだったと告げられた。あの時は、思春期特有の憧れみたいなものだろうと、相手にもしなかったが」

墓を見ながら、遠くの記憶を手繰《たぐ》り寄せるように、目を細める。

「結婚してから五年くらいの時だったか、一度、仕事から逃げたことがあってな。思い通りに行かない現実と、上條の次期当主という重圧と、周りから向けられる視線と。何もかも嫌になって、全て放り出したくなった」

その気持ちは、俺にも痛いほどよくわかる。立場は違うが、向けられる視線は似たようなものだろう。俺だって何度も逃げ出したかった。現に一年前、全て捨てようとした。

「どこへ行こうかと考えた時、真っ先に浮かんだのが美園の顔だった」

ふ、と父の口元が緩んだ。松原とは違った意味で感情を表さないこの人が、珍しく見せた笑みだった。

「ただの妹だとしか思っていなかったはずなのに、なぜ美園だったのか、今でもわからんが。無意識のうちに、美園が持つ朗らかさに惹《ひ》かれていたのかもしれん」

父の手が伸びて、そっと墓石に触れた。その手が動いて、愛おしむみたいに一度、石を撫でた。

「美園は何も言わずに私を受け入れた。私は美園の優しさに甘えた。それからひっそりと会いに行くようになった。……一年ほど経った頃だろうか。美園が突然姿を消した。私に何も言わないまま」

きっとその時、俺を身籠もったんだろう。母は父に黙って俺を産むことを選んだ。……多分、父を愛していたから。

父は訥々《とつとつ》と語り続ける。

「私は美園の行方を捜さなかった。お前の存在を知ったのは、もうお前が小学校を卒業しようとしていた頃だった。すぐに会いに行って認知を願い出たが、美園は頑として首を縦に振らなかった。ずっと拒否し続けていたが、自分の余命を知ってようやく、お前を上條の家に迎え入れることを承諾した。よほどお前の将来が気掛かりだったんだろう」

父は迎えに来なかったんじゃなかった。ただ、俺という存在がこの世に生まれてきたことを、知らなかった。

今まで正しいと思い込んでいたものが、父の言葉が重なるごとに、形を変えていく。

「……どうやって俺の存在を知ったんですか？」

俺も母も上條の家とはまるで無縁の生活をしていた。はっきりと目的を持って調べでもしない限り、俺たちを見つけられたとは思えない。

「偶然、美恵子が持っていた調査書を見つけてな。美恵子はどうやら、お前たち親子を監視させて、定期的に報告させていたらしい」

「美恵子さんは知っていたんですか？　あなたと母さんの関係を」

「私からは、その調査書を見つけるまで一度も話したことはない。ただ、おそらく最初から勘づいていたんだと思う。面と向かって問い質されたことはないが、美園に会いに行くようになってから、態度で私を拒絶するようになった」

それから父は、少し顔を曇らせる。

「真人は結婚してすぐに授かったが、そのあと、なかなか子供に恵まれなかった。美恵子はそのことで周りからいろいろと言われていた。それを知っていながら、美園と関係を持った。……最低だな、私は」

墓石に添えていた手を離して、下にだらんと垂らした。顔を伏せて、目を閉じる。

「美園の危篤を松原が知らせに来た時、ただ最後に顔が見たい一心で病院に駆けつけた。美恵子が来るとは、思いつきすらしなかった。……美恵子は、ずっと何も言わなかった。美園を迎えに行った時も、お前に上條を名乗らせると決めた時も、ただひと言、私の好きにすればいいと言っただけだった。だから私は、美恵子の中に積もり続けていた憎悪の深さに、気がつかなかった」

美恵子さんが母にあれほど深い憎しみを向けたのも、仕方のないことだった。母の、死の直前のあの表情が、今まで思っていたものとは違う意味を帯びてくる。

母は謝りたかったんじゃないだろうか。自分のせいで苦しめてしまったことを。

目を開けた父が、俺のほうに向き直る。

「美園の最期があんな形になってしまったのは、私のせいだ。……本当に、すまない」

父が俺に向かって、深く、深く、頭を下げる。あり得ないはずの光景を前に、何かを言わなければと思うのに、喉に何かが張り付いたように声が出てこない。

「……頭を、上げてくれませんか」

ようやく絞りだすようにそう言うと、父は静かに身体を起こした。相対した目に浮かんでいたのは、深い深い後悔だった。

さっき、墓前で手を合わせながら、父は誰に許しを請うていたのだろう。母だったのか、それとも。

「お前は美恵子を恨んでいるだろうが、どうか許してやってほしい。美園の人生が変わってしまったのも、お前が今まで苦しんできたのも、全て私のせいだ。恨むのは、どうか私だけにしてほしい」

この人は、上條グループという大きな責任を抱えながら、ずっとそうやって自分を責め続けて生きてきたんだろうか。その胸の内を思うと、それだけで苦しくなる。

「僕は誰のせいだとも思いません」

そんな言葉が勝手に口から滑り落ちていた。俺も母も、抗えない運命の中でそれでも必死に考えて、選べるものはきちんと自分の意思で選んできた。その結果が今であって、それはもう、誰かじゃなくて自分で作り上げたものだ。

「恨む気持ちを完全に捨て去るのは難しいですが、少なくとも、誰かのせいにして自分を憐《あわ》れむような真似は、したくありません」

父は俺の言葉を聞いて、険しい顔をふっと緩め、目を細めた。

「お前は強くなったな、とても」

後ろ向きな気持ちを抱くことは、前に比べて少なくなった。それはきっと里香のおかげだ。里香が一年前、何も捨てるなと言ってくれたから。

「僕を強くしてくれた人がいます。その人を上條に迎え入れたい。その話をしに伺いたいのですが、美恵子さんとともに時間を作っていただけますか？」

父が俺をしっかりと見据えて、大きく頷いた。

「真人を同席させてもいいか？」

「構いませんが……」

兄も家族のひとりだ。里香にとっても義兄になる人だし、話を聞いてもらうのになんの異論もないけれど、その名前が出てくるとは思わなかった。

父はなんの意図があるのか、詳しく話す気はなさそうだった。後ほど神崎に連絡する、とだけ言って、また母の墓に向き直る。

「美園は私を恨んでいるだろうか」

「僕はそうは思いません」

父の問いを、すぐにはっきりと否定する。母は絶対に、父を恨んだりなどしていない。それだけは、確信を持って言える。

「では、幸せだったと思うか？」

それには何も答えられなかった。自信を持って幸せだったと言うには、母の人生は波乱に満ちすぎていた。

それでも、と、心の中で思う。

俺とふたりで暮らしていた時の母は、いつも楽しそうだった。そして、ただひとりの人を一生かけて愛することのできた人生は、きっとほかのどんな道を辿るよりもずっと、満ち足りていたんじゃないだろうか。


本邸を訪ねていくと、出迎えてくれたのは兄だった。

「久しぶり、東吾」

線の細い、ともすれば頼りなく見えがちな容貌は、確かに美恵子さんから引き継いだものだ。三星に移ってからはほとんど会うこともなかったが、それでも顔を合わせればいつも、調子はどうだと気にかけてくれていた。

「お久しぶりです、兄さん。義姉《ねえ》さんや子供たちは元気ですか？」

「ああ、相変わらず走り回ってるよ」

兄は若いうちに見合い結婚していて、滅多に会う機会はないが、男の子供がふたりいる。義姉《あね》は確か旧華族だったか、美恵子さんがいかにも好みそうな家の出だったが、本人はとても穏やかな人柄で、兄とは似合いの夫婦だと思う。

俺とは違って大事に大事に育てられたこの兄は、上條を背負うには優しすぎて、でも俺はこの優しい兄が嫌いじゃなかった。幼い頃は今よりもさらに交流はなかったけれど、やはりふたりになれば話しかけてくれたし、何より目が合えば笑いかけてくれた。無表情の大人ばかりの中で、その笑顔は俺にとっては貴重だった。

兄とともに居間に入ると、約束通り父と美恵子さんが揃って俺を待っていた。父はいつも通り厳《いか》めしい顔で、美恵子さんは取り澄ました顔で。父と美恵子さんが腰かけるソファの正面に、向かい合うようにして俺も座る。兄は俺の右手、斜め向かいになるように座った。

使用人がすぐに、コーヒーのカップを運んできた。そばに控えようとするのを父が手を振って下がらせ、部屋の中は家族四人だけとなる。

「お時間を取っていただいてありがとうございます。今日は報告と、お願いがあって伺いました」

美恵子さんはちらりと視線を寄越しただけで、さして興味もないようにカップに手を伸ばした。父と兄は真剣に耳を傾ける姿勢を取ってくれていたが、今日の目的はあくまで美恵子さんの説得だ。ふたりには悪いが、ただ美恵子さんに向かって、話を続ける。

「まずは報告を。雅さんとの婚約は解消しました」

そこで初めて美恵子さんの表情が動いた。信じられない、というように、軽く目を見開く。

「うまくいっていたはずでしょう。何を突然」

「元々一年だけの約束でしたので」

美恵子さんは理解できない、という顔で俺を見た。本当のことを話しても構わない、と雅さんから許可は取ってある。といっても詳しく話す気はなかったので、その表情は見なかったことにした。

「その代わりに違う人との結婚を考えています。それを認めてほしいというのが、お願いです」

「まさかあの秘書だなどと言わないでしょうね」

「そのまさかです。以前僕の秘書を務めていた佐倉さんを、妻として迎え入れたい」

俺が言い終わるかどうか、瞬時に激高した美恵子さんが、ガチャン、と音を立ててカップを置いた。

「上條があの方を歓迎することはないと、以前申し上げたはずです。そもそもあの方とのことはもう終わったはずでしょう。何を今更」

「僕の中ではずっと終わっていませんでした。歓迎してくれとは言いませんが、最低限妻として認めてほしい。意味なく里香を貶《おとし》めるような真似はしないと約束していただきたい」

「わたくしは絶対に認めません」

聞く耳を持たない様子の美恵子さんを見兼ねて父が口を開きかけたが、目線で止めた。最後の最後は父の力を借りることになるかもしれないが、できる限り自分の言葉で納得させたかった。上條の現当主である父が命じれば表面上は引き下がるかもしれないが、それでは意味がない。

「認めない理由はなんですか？」

「当たり前でしょう、あんな下賤《げせん》の娘。上條の利益にもなんにもならないではありませんか」

「平凡でしょうが、下賤呼ばわりされる筋合いはありません。それに結婚に利益を付随させる必要性を、僕は一切感じません」

理論を並べ立てる俺を、美恵子さんは睨みつける。

「あなたも上條の名を名乗るのならば、好きだなんだというくだらない理由で結婚を考えるのはおやめなさい」

「だからそれはなぜですか？　姻戚関係にならなくても、梶浦頭取は支援を続けると快くおっしゃってくださいました。法律上の絆《きずな》に頼らなくても、手を貸してくれる人はたくさんいます。これが結婚に利益を求めない理由になりませんか？」

「言い訳は聞きたくありません」

予想はしていたけど、話し合いは平行線を辿る一方だった。あまり兄の前で言いたくなかったけど、次のカードを切らざるを得ない。

「この一年で三星は大きな業績を上げました。取引先は増えていますし、僕に友好的に接してくる人間も増えた」

いきなり話を変えた俺を、美恵子さんは不審な目で見る。ちらりと兄を窺うと、兄もまだ、俺が何を言おうとしているのか気づいていないようだった。

「僕は上條を名乗り続けるつもりですが、次の当主は兄さんです。僕はあくまで次男として、兄さんをサポートするつもりでいます。でも」

ようやく話がどこを向くのか悟った美恵子さんが、兄を見た。

「美恵子さんに僕の話を聞いていただけないのなら、僕が上條を継がせていただきます。そして真っ先にあなたの発言権を取り上げる」

怒りでうっすら顔を赤く染めて、美恵子さんが語気を荒らげた。

「何を言いだすのかと思えば、バカバカしい！　庶子のあなたが上條を継ぐなんてそんなこと」

「できないと本当に思いますか？」

兄のほうは見られなかった。ただ美恵子さんのみ見つめて言葉を継ぐ。

「血統だけがものをいう時代は終わったんです。今は実力が全てだ。たとえ血統を求める声があがっても、僕だって庶子とはいえ、これまで上條を名乗ってきたんです。その声を抑える自信はある。血筋はよくても実力のない人間と、多少血筋が劣ろうと業績を上げてきた人間と、どちらが選ばれると思いますか？」

兄に実力がないなどと、思ったことは一度もない。ただ今は、今だけは、美恵子さんを説き伏せるためにこう言うしかなかった。

「僕は里香を手に入れるためならなんだってする。もしあなたが最後まで受け入れないつもりなら、僕は上條を潰す。できるかできないか、あなたはただ怒りながら見ていればいい」

突き放すように言って反応を見る。美恵子さんは小さく肩を震わせながら、じっと手元を見ていた。これでもまだ感情だけで否定し続けるなら、今度はどう出るべきか。思考を巡らせながら次の言葉を待つと、美恵子さんは怒りで微かに掠れる声で呟いた。

「そんなにあの女が大事ですか？」

いつかの雅さんと同じ疑問を口にする。何度問われたって、答えはひとつだ。

「ええ、大事です」

「私よりも？」

「……え？」

美恵子さんの様子がおかしかった。うつむきながらどんどんと、身体の震えが大きくなっていく。

「あなたが上條を継げたのは私と結婚したからでしょう？　なのに今更、あんな女を大事だなんて」

「美恵子さん？」

俺が問いかける声に顔を上げた美恵子さんは、俺ではなく父を見ていた。

「わたくしが周りから何を言われているか知っていますか？　子を成せないのなら愛人など目をつむれと、血筋だけの出来損ないと陰口を叩かれて！　男子ならばよかったのにと幼い頃から言われ続けた、わたくしの気持ちがあなたにわかりますか⁉」

　怒りで混乱したのか、完全に話がすり替わっている。だん、と机に両手を叩きつけたその目には、もう父しか映っていなかった。

「ええどうぞ、あなたのお好きにすればよろしいわ‼　どうせあなたはもうわたくしに興味などないのでしょう。どうぞ愛人でもなんでもお迎えくださいな‼　でも次に上條を継ぐのは真人です。これだけは絶対に譲れません‼」

「美恵子」

「上條本家の血を絶やすなど、絶対にあってはならない‼　わたくしはこの血を残すために生きてきたのです。それを邪魔するなど」

「美恵子‼」

　父が美恵子さんの腕をつかんで、意識を引き戻すように強く名前を呼ぶ。普段ではあり得ないような大きな声で叫び続けていた美恵子さんが、はっとしたように脱力した。その目からはいつの間にか、大粒の涙が溢れ出していた。父が静かに美恵子さんの腕を引いて、その身体の中に抱き込んだ。

俺も、兄も、ただ何も言えないで、涙を流す美恵子さんを見ていた。上條という名の枷《かせ》に一番囚われていたのはこの女性なのだということを、ようやく知った。

小さい頃から、家のためだけに生きることを強要された。それが自分の価値なのだと教え込まれ、否定することもできないで。

「もう、こだわるのはやめませんか……？」

父の腕の中でただ身体を震わせて泣いている目の前の女性を、母を苦しめた敵だと恨むことが、もう俺にはできなかった。

「上條なんて、血筋を表すだけの名前です。そこで生きていくのは、その血が通った僕たちだ。ただの名前を守るために、自分の意思を押し殺さなければならないなんて、そんなのおかしい……」

確かに長年続いてきた伝統も、そこに根差すたくさんの人たちも、守っていく義務があるのかもしれない。でも少なくとも、その名を守るためにこれほどの苦しさを味わう必要なんて、どこにもない。

俺の呟きを黙って聞いていた父が、口を開いた。

「東吾。真人をサポートするつもりだというのは、本心か？」

俺の本心を問うような、真っすぐな視線に射抜かれる。

周りの評価は低いけれど、兄は決して無能ではない。昔から頭は切れたし、回り道した俺と違って初めから経営学に力を入れていたので、経営者としての知識や能力はむしろ俺より上だ。あとは経験と図太ささえ身に付けば、この父の跡を継ぐのも決して非現実的なことではない。

「もちろんです。里香を認めてくれるなら」

俺が答えると、今度は同じ視線を、兄に向けた。

「真人。……上條を継ぐ気はあるか?」

兄は静かに、その視線を受け止めていた。

話し合いの間は見ないようにしていた兄の横顔に、目を向ける。こうやって改めて見ると、ただ優しいだけだった面差しに、思慮深さや力強さが加わっていた。

視線を一度も逸らさないまま、父に向かって小さく、でもはっきりと頷いた。

「はい。僕の全霊を注いで、受け継がせていただきます」

それを聞いて、父の腕の中で顔を伏せていた美恵子さんの肩がまた少し、震えたような気がした。

父は目線を和らげると、静かに告げた。

「お前たちに上條製薬を任せる」

いきなり飛び出した発言に、驚いて息を呑む。美恵子さんも知らなかったようで、驚いた様子で顔を上げた。

「どういうことですか？」

兄もまた、戸惑った声をあげた。

「真人を社長に、東吾を副社長に置く旨、臨時の株主総会を開いて諮《はか》る」

「それはさすがに、承認されないのでは」

兄の疑問は当然だ。三星のような子会社じゃない、上條製薬はグループの基幹企業のひとつだ。いくら創業家の人間とはいえ、ツートップがこんな若造ふたりじゃ、納得しない人間ばかりなのでは……。

「すでに内々に手は回してある。もちろんほかの取締役は古参で固めるが」

兄の言葉をあっさり否定し、父は微かに笑った。

「お前たちが思っている程、反対する人間はいなかった。まあ、たっぷり扱《しご》いてやりますよと息巻いているのが数人おったが」

グループの重役たちの顔を思い浮かべて、なんとなく想像がついた。……名目はトップとはいえ、おそらく数年はひよっこ扱いだろう。

「それに、お前はまだまだやりたいことがあるだろう？」

父が俺のほうを向いて言った。長年の夢だった新薬の開発、それに副社長の立場で関われる。専門で携われるわけではないけれど、上に立つ身として、やれることはたくさんあるはずだ。

「ですが、三星は……」

「前田を社長に据える。お前が作った社風は維持できるようにする」

それを聞いて安心した。前田常務は温厚だが、自分の信念は譲らない強さがある。あの人に任せておけば大丈夫だろう。

問題は川端副社長と塩田専務がまた暴れださないかどうかだが。

「川端と塩田には釘を刺しておいた。お前のやり方であれだけの実績を積み上げられたら、文句なんて言えんだろう。お前が上條製薬に移ることにも、異論はなさそうだったぞ」

俺の心配を見透かしたように、父が苦笑した。

「グループ内もそろそろ、風通しをよくして世代交代を進めていかなければならないと思っていた。お前たちが率先して、受け継いでいってほしい。……ふたりの力を合わせれば、できるだろう」

それから今度は、隣でじっと息を潜めて父の顔を見上げていた美恵子さんに目を向ける。

「私のせいで、いがみ合うような家族になってしまった。……すまなかった」

止まっていた美恵子さんの涙がまた、ゆっくりとその目に滲み始める。

兄がそっと、目線で退出を促してきた。小さく頷いて立ち上がる。

このふたりには、話し合うことが必要だ。お互いに伝えられずに心の中に溜まっていった思いを、きちんと伝える時間が。

兄と連れ立って居間を出ようとしたその時、美恵子さんから声がかかった。

「東吾さん」

「はい？」

振り向くと、下を向きながら手を握りしめている姿があった。

「あの方に、伝えてください。ひどいことを言って、申し訳なかったと」

わかったと返そうとした俺を、美恵子さんが「いいえ」と遮って、何かに耐えるようにぎゅっと目を閉じた。少しの沈黙のあと、決意したように口を開く。

「いいえ。……ふたりに」

美恵子さんが抱えていた苦しみの中に、後悔もあったことを、今初めて、理解した。

母はきっと、この人を許すだろう。いや、初めから恨んでなどいないはずだ。同じ人間を愛した、そしてきっと自分のせいで苦しめてしまった、この人を。

美恵子さんに向かって、俺もしっかりと頷いた。

「伝えます。必ず」

＊　＊　＊

「ナンコツとせせり二本ずつ追加で！　あと焼酎ロックで！」

「あいよっ。里香ちゃん今日もいい飲みっぷりだね！」

もくもくと上がる煙の向こうから大将の威勢のいい返事が聞こえる。私たちのやり取りを見て、真木が呆れたような声で言った。

「お前はまた、こういう店ばっかり……」

「美味しいでしょ、ここ。あ、刺し盛ももう一皿いっとく？」

ここは焼き鳥屋だけどほかのメニューも豊富で、特にお刺身は新鮮だし、太っ腹な量を出してくれる。ちなみに店内にいるのはもちろん、仕事帰りの中年のおじさんばかりだ。

「うまいけどさ。せっかくはるばる会いに来てるんだから、もっとこう、雰囲気ってもんを……」

ぶつぶつ言ってる真木だって、さっきからハイペースでグラスを重ねている。こういう店が性に合っているのはお互い様だ。

真木はあの日の宣言通り、月一回くらいのペースで私に会いに来た。それには及ばないものの、私も茉奈ちゃんに会う目的もあって、ふた月に一回くらいのペースで東京に遊びに行っていたし、メッセージのやり取りなんかはちょくちょくしていたので、まあ普通の遠距離恋愛のカップルくらいには繋がっていると思う。

だけどもちろん、付き合い始めたわけではない。

「ただの友達と飲むのに雰囲気なんて必要ないでしょ」

「あれ、里香ちゃん、彼氏じゃないの？」

焼酎のロックを差し出しながら、大将が意外そうな声で言った。

「ずっとフラれ続けてるんですよ。僕の片想いです」

「もったいない、イケメンなのに」

「でしょー？」なんて調子に乗っている真木と大将の会話を聞きながら、私はひとり、複雑な思いでグラスを傾ける。

真木と過ごす時間は相変わらず居心地がいい。何か相談したいな、と思ったら真っ先に真木の顔が浮かぶし、頼りにしているのも本当だ。

でも、私の心の中はいまだに、別の人間で占められていた。

「もう一年以上経つのにな。意外としつこいよな、お前」

「あんたに言われたくないわ」

「まあな」と笑っている真木は、きっと私の気持ちを一番理解できる人間だと思う。どれだけ時間が経っても、そして向こうが違う相手を見つけても、諦めきれない気持ちがどれだけ苦しいか、私は身をもって知った。

東吾が雅さんと婚約したことを教えてくれたのは、雅さん本人だった。

『東吾さんが今日、私に話をしに来ました。賭けはあなたの勝ちね』

東京を離れて数日、少し気持ちも落ち着いてきた頃にかかってきた電話の声を、いまだにはっきりと覚えている。

『これであなたの望み通りかしら？』

どこか楽しそうな雅さんの声に、ホッとした半面、ズキズキとした痛みが心の中を襲った。

東吾と別れることを決めて、私は雅さんに会いに行った。東吾との婚約を、もう一度考えてほしいと伝えるために。東吾がやりたいことを思い切りやるためには、絶対に雅さんと梶浦頭取の力が必要だと思ったから。

東吾を助けてほしい、という私の頼みを、雅さんは、初めははっきりと断った。それでもしつこく頭を下げる私に、それならば、と賭けを提案してきた。

東吾が自分から力を貸してほしいと頼みに来れば、私の勝ち。婚約を考え直すし、頭取からの援助も取り付ける。東吾が何も言ってこなければ、私の負け。援助は一切行わない。

そして、私はその賭けに見事勝ったのだ。そのあとずっと私をむしばみ続ける、ズキズキとした痛みと引き換えに。

真木に頼んで教えてもらう東吾の仕事ぶりは、順調そのものだった。着実に業績を上げて、梶浦頭取の後ろ盾も手に入れて。これからも順風満帆に、上條の中心へと駆け上がっていくだろう。そのことは純粋に、嬉しく思う。

「お前、まだ東京に戻ってくる気にならないの？　秘書の仕事に未練があるんだろ？」

大将との会話を終えて、焼き鳥にかぶりつきながら、真木が言った。

こちらでも秘書職を探してはみたけれど、こんな片田舎では希望しているような仕事は見つからなくて、結局今は電力会社の派遣の事務をしている。次の三月いっぱいで契約は切れるものの、ありがたいことに正社員にならないかと声をかけてもらっていて、答えはまだ保留にしてあるけど、心の中では受ける方向へ傾いていた。

東京でもう一度秘書として働きたい気持ちは、まだ残っている。でも今の私にはもう、三星で働いていた時のような情熱は、持てないと思う。そして、東吾が活躍する場所に近づくのは、苦しい。

「……多分、もう戻らないかな」

私の気持ちが伝わったのか、真木は「そっか」と素っ気なく頷くだけだった。

散々飲んで食べて店を出ると、外には雪がちらついていた。

「わー、どうりで寒いと思った」

「俺、今年初めての雪かも」

ふたりして空を見上げて、舞い落ちる雪の欠片に向かって手を伸ばす。

「今年ももうすぐ終わりだね」

もう十二月も半ば。町は年の瀬に向けて慌ただしさを醸し出していた。毎年この頃になると、時間が過ぎていく早さを実感する。一年なんてあっという間で、きっとこんな風にこれからも年を重ねていくのかな、と思う。

「佐倉」

真木が真面目な声で私を呼んだ。

「まだ、社長のこと、吹っ切れない？」

別れ際の恒例で、真木は必ずこうやって、私の気持ちを確かめる。いつもそのたびに、私の気持ちは揺れ動くけど、結局返せるのは同じ言葉だった。

「うん。まだ、好きみたい」

何度も何度も、このまま真木と付き合ったほうが楽なんだろうと思った。それでもやっぱり私はまだ東吾が好きで、中途半端に真木の気持ちに答えることはできないと思った。

普段の生活の中で、本当に何げないきっかけで、すぐに東吾の顔を思い出す。それは別れて一年経った今でも変わらなくて、この気持ちがいつまで続くのか、正直怖く思う時もある。でも、その反面、そこまで好きになれる人に出会えたことは奇跡みたいなものだと、幸せに思う時もある。

「ごめんね、真木」

「そっか」

真木は少し悲しそうな顔で頷いて、いつもならここで話は終了して解散になるけれど、今日は違った。

「勝てっこねえよな、本当に」

「ん?」

「俺、もう待つのやめるわ」

そう言って、なんだか晴れ晴れとした表情で笑う。

「もうお前のことは諦めて、ほかの人に目を向けることにする。それでお前よりいい女を捕まえる」

いきなりの発言に驚いたけど、少しホッとしたのは確かだった。真木ほどの男が、私みたいなほかの人を引きずる女を待ち続けるなんてもったいない。真木の気持ちは嬉しい反面、待たせて申し訳ないという思いが心に重くのしかかっていたけれど、今の言葉でふっと軽くなった。

真木ならすぐに、素敵な彼女を見つけるに違いない。私は友達として、それを心から祝福したい。

「だからもう、会いに来るのもやめるわ」

「……そっか」

それはとても寂しい気がしたけれど、前に向かっていこうとする真木の邪魔はしてはいけないと思った。友達として遠くから、彼の幸せを祈ろう。

「今までありがと、真木。ちゃんと幸せ見つけてね」

口から滑り落ちた言葉に、真木はサンキュ、と笑った。

「ま、お前が会いに来るのは歓迎するから。愚痴りたくなったら気軽に来いよ」

「そんなことしないよ。気軽に行ける距離でもないし」

「どーだかな。またすぐに愚痴りたくなるかもよ」

少し意味深に言って、手を差し出してきた。握手かと思って私も手を出すと、その手にぱん、と勢いよく音を立ててぶつけてきた。

「じゃあな」

「じゃあね」

短く別れの挨拶を交わすと、真木はそのまま後ろを向いて歩いていった。一度も振り返ることのない背中を少し眺めてから、私もまた後ろを向いて、真木とは反対の方向へ、足を踏み出した。

雪はそのまま降り続き、途中晴れ間が覗くものの順調に町の景色を白く染めていった。そうやって迎えたクリスマスイブは、昨日までの天気から一転して、朝から綺麗に晴れていた。

その日はちょうど休日で、イブだといっても特に予定もなく、リビングのソファで携帯ゲームに勤しむ弟の横に座ってテレビを眺める。そんな私たちを見て、キッチンからお母さんが呆れた様子で声をかける。

「あんたたち、今日がなんの日だか知ってる？」

弟も私も、視線はそのままで答えた。

「キリストの誕生を祝う日の前日でしょ」

「赤い服着たオッサンが子供たちに夢を配る日」

「適齢期の若者がふたり揃って情けない……」

ううう、と泣き真似をするお母さんの姿は見ないことにする。そんなことを言っているけど、久しぶりに家族揃ったクリスマスだと妙にはしゃいで、近所の少し高めのケーキ屋さんのクリスマスケーキを張り切って予約したことを知っている。

弟は半年前に彼女と別れて以来、気楽な独り身を楽しんでいるようだ。二才年下の彼は、地元の国立大に進学して市役所に入るという典型的な田舎の就職パターンに乗って、いまだに実家から出たことがない立派なパラサイトシングルだ。一生このまま寄生され続けるかもしれないと、お母さんが本気で嘆いていた。

「おい、里香。お前、三星シンセティックで確か社長秘書をしてたんだよな？」

ダイニングテーブルで新聞を開いていたお父さんが、いきなり声をかけてきた。

「そうだけど。なんで？」

「社長が今度は上條製薬の副社長に就任するそうだぞ」

「うそっ！」

慌てて立ち上がって、お父さんから新聞を奪い取る。そこには確かに、東吾の名前と写真が載っていた。

「なになに、『異例の若さで上條真人氏が代表取締役社長、上條東吾氏が取締役副社長に就任することが決定し』……って何これ、めちゃくちゃかっこいいじゃない、副社長。里香、こんな人の秘書をしてたんだったら、頑張って落としていれば、今頃玉の輿に……」

「姉ちゃんには無理だろ、絶対」

横から覗き込んで好き勝手なことを言っているお母さんと弟の会話なんてどうでもよかった。なんの写真を使ったのか、少し不機嫌そうな東吾の顔を見て、思わずじわりと涙が滲みそうになるのを必死にこらえる。

よかったね、東吾。必死で頑張ってきたこと、ちゃんと認めてもらえたんだね。

上條製薬なら、念願だった新薬開発にも関われるはず。お兄さんと同時に役員に就任したということは、家族のわだかまりが少しは溶けたということだろうか。

私が別れを選んだことは、間違っていなかったのかな。

ずっと心の片隅でくすぶっていた疑問に、今ははっきりとイエスと言える。だって、東吾の未来はこんなにも明るい。

涙を隠すために新聞をお母さんに渡して、みんなに背を向ける。

「私、ケーキ取りに行ってくるよ。引換券どこ？」

「あら、ありがと。そこのウォールポケットに入ってるわ」

少しひとりで外を歩きたくて、お使いを自ら申し出る。厚手のコートを羽織って携帯と財布と引換券だけポケットに入れると、リビングを出る。

ブーツを履いて玄関のドアを開けると、今まさにインターホンを鳴らそうとしていた人物と、目が合った。

お互い見合って、沈黙が流れる。

――人間、本当に驚く出来事に直面した時は、無意識にそれをなかったことにしようとするらしい。

ガチャン。

ドアを閉めた向こうから、どんどんとノックする音とともに怒鳴り声が聞こえる。

「おい！　なんで閉めるんだよ⁉　開けろよ、里香！」

「え、なんで、なんで⁉　本物の東吾⁉」

「偽物のわけあるか‼」

一瞬幻覚かと思ったけど、どうやら本物らしい。もう一度そろりとドアを開けると、さっき見た通りの場所に、少し仏頂面になった東吾が立っていた。

「なんでここに東吾がいるの……？」

まだそこに東吾がいることが信じられなくて、半分夢を見ているような気分のまま、問いかける。

「お前を迎えに来たんだよ」

「は……？」

「だから、プロポーズしに来たの」

東吾が何を言っているのかも、いまいち理解できない。だって、東吾が私にプロポーズするなんて、そんな夢みたいなことあるわけが……。

「ぐぇっ」

後ろからいきなり、弟のものと思われる潰れたカエルのような声が聞こえた。一気に現実に引き戻されて振り返ると、リビングから顔を出した弟の背中の上にお母さんがのしかかって、目を剥いて今にも叫びだしそうな様子でこちらを見ている。

「ちょっと、場所変えよう、ね！」

ここで話していては家族全員に筒抜けだ。外に出てドアを閉めると、東吾の腕を引っ張って急いで家から離れる。

どこへ行くべきか思いつかないままとりあえず歩いて、自然と近所の公園に足が向いた。途中から後ろを歩いていた東吾は、私が何も話さないのに合わせて、無言でついてくる。

祝日でしかも天気がいいせいか、公園では近所の子供たちが集まって雪合戦をしていた。その様子を横目で見つつ、なるべく人気がないところに、と思うけど、小さな公園にはそんな場所はない。仕方なく、できるだけ隅っこに寄って、木の陰に隠れるようにして立ち止まる。

「もう話してもいいか？」

少し離れた場所で同じように足を止めた東吾が話しかけてきて、私はようやく東吾のほうへ向き直る。

「……びっくりしたよ。突然目の前にいるから」

久しぶりに会う東吾は、少しだけ痩せたようだった。それが一層東吾の持つ怜悧さを引き立てていて、なんだか知らない人と話しているような気になってきて、まともに目を見られない。

「いきなり来て悪かった。でもお前、携帯の番号も変わってて、連絡しようもなかったし。実家にいるって聞いてたから、人事に住所教えてもらったんだ」

雅さんから電話がかかってきたあと、番号も何もかも変えて、今の連絡先は仲のいい友人にしか伝えていなかった。東吾からの連絡を、どこかで期待してしまいそうな自分が嫌だったから。

「プロポーズなんて、何かの冗談でしょ？　東吾は雅さんと婚約してるんだから」

二年前、東吾にきちんと告白してもらった日も、クリスマスイブだった。二年の時を超えて、今度はなんと、プロポーズしに来たなんて言いだして。全然現実味がなくて、自然と疑うような言い方になる。

「ああ、それは解消した。というか最初から嘘だから」

「嘘ってどういうこと？」

よくわからなくて聞き返すと、東吾はなんとも言えない顔で答える。

「雅さんが力を貸してくれる条件が、一年間偽の婚約者として振る舞うことだったんだよ」

「なんでそんなこと……」

「お前への嫌がらせだと」

思わず口が開いてしまった。自然と東吾と同じような表情になる。

よーく思い返してみると、雅さんは婚約した、とははっきりと言わなかった気がする。ただ賭けはあなたの勝ちね、と言っただけで。

ふふふ、と楽しそうに笑う顔が目の前に浮かんだ。……なんとも雅さんらしい。

東吾は気を取り直すように一度咳払いすると、また真剣な表情に戻った。

「あの時、お前に俺の隣にいるのは辛いって言われて。じゃあどうすれば辛い思いをさせずに済むか、自分なりに考えたら、誰にも文句を言わせないくらい、俺が力をつけるしかないって思った。だからこの一年間、やれる限りのことはやったし、おかげで父にも認めてもらった」

もう今の東吾に文句を言える人間なんて、ほとんどいないだろう。それだけ、彼がこの一年で上げた業績は大きい。

「見たよ、新聞。上條製薬の副社長、就任おめでとう」

「ああ、ありがとう」

東吾は小さく頷いて、それからふっと目を細める。

「美恵子さんとも、話した。……やっと、恨むのをやめられた」

驚いて目を見開く私に、東吾は優しく微笑む。

「全部里香のおかげだ。あの時、里香が全部捨てるなって言ってくれたから、俺はこうやっていろんなものを手に入れることができた」

その笑顔にまた、涙腺が緩み始めるのを感じる。そんなの私のおかげなんかじゃない。私はただ苦しいのが嫌で、勝手に離れていっただけだ。そんな風に優しく微笑みかけてもらえる資格なんて、私にはないのに……。

「でもまだ、一番大事なものが手に入ってないから」

そう言って東吾が、一歩、私に近づく。私は涙がこぼれないように、目の奥に力を込める。

「だから、手に入れに来たんだ」

もう一歩、近づいて、私の目の前に立つと、真っすぐにその柔らかな眼差しを向けてくる。

「里香。俺と結婚してください」

もう泣かないようになんて努力は無駄だった。勝手にこぼれてくる気持ちをコントロールできないまま、私は胸の内をぶちまける。

「わ、私、勝手に東吾から逃げたし」

「うん」

「雅さんみたいなお嬢様じゃないしっ」

「うん」

次々と口から溢れだしてくる不安を、東吾は静かに受け止めていく。

「東吾にあげられるもの、なんにもないし。上條の奥様とか、うまくできる自信ないし、正直美恵子さんだって怖いしっ……」

「うん。……で、お前は俺のこと好きなの？　嫌いなの？」

東吾が優しくそう聞いた。そんなこと、言うまでもなく答えはひとつだ。

「好き……」

「だったら大丈夫だよ。きっとふたりで乗り越えていける」

そう言い切った東吾の声は、優しいけどとても力強くて。

気持ちを落ち着けるために一度、深呼吸する。涙は止まってくれなかったけど、精いっぱいの気持ちを込めて、笑った。

「私を、東吾のお嫁さんにしてください」

東吾も同じように、満面の笑みで頷いた、その時。

「つっめてっ」

東吾の真横から雪の玉が飛んできて、見事その側頭部に命中した。

飛んできた方向を見ると、小学校低学年くらいの男の子がふたり、真っ青になってこちらを見ている。

「やばいって、本当に投げるかよ」

「だってあの人かわいそうじゃん。まさか当たると思わなかったし」

その会話から想像するに、もしかすると、いやもしかしなくても、東吾が私を虐めて泣かせているように見えたんだろうか。……東吾の外見と彼らの幼さを考えると、その可能性は充分あり得る。

恐る恐る東吾のほうを窺うと、雪玉が当たったところを押さえながら、目を閉じてうつむいている。

「と、東吾、相手は子供……」

「やばい、逃げろ！」

「お前ら、ちょっと待てっ」

すかさず雪を拾って雪玉を作ると、走りだした子供たちに向かって投げた。雪玉は見事に雪を投げたほうであろう男の子のお尻にヒットする。

ふん、と東吾は満足げだ。さすがリトルリーグ地区優勝チームのピッチャー、お見事。……って感心しててていいのか、私？

遠くから見守っていた子供たちが、一斉に駆け寄ってきた。

「すっげー、兄ちゃん！　もう一回投げて！」

「今度あの木に当ててよ！」

怖いもの知らずのちびっ子たちにわらわらと囲まれて、東吾がどんどん公園の中央に運ばれていく。東吾自身もなんだか楽しそうで、すぐに彼を含めた雪合戦が開始された。

その姿はとても、上條の御曹司には見えなくて。

「おい、何突っ立って見てるんだよ。お前も来いよ！」

私に向かって手招きする姿に、思わず笑みが浮かぶ。

上條だとかなんだとか、深く考える必要はないのかもしれない。東吾は東吾で、私は私。きっと立場が変わっても、こうやってふたりで笑いながら生きていくんだろう。

将来、子供ができたら、こんな風にみんなで雪合戦するのかな。

そんな気の早い想像に、東吾のほかにも神崎室長や松原さんや、真彦社長や美恵子夫人までが出てきて、私は笑いながら打ち消すと、目の前で繰り広げられる雪合戦の輪の中に飛び込んだ。

ふたりで、未来へ

うららかな陽気が続く三月の終わり。控え室として設えられたホテルの一室で、私はそわそわ落ち着かないまま、鏡を覗いてみたり、部屋の中を行ったり来たりする。

その様子を見て、スリーピースをバッチリ着込んだ東吾が呆れた声をかけた。

「ちょっと落ち着けよ。こんなパーティー、慣れてるだろ?」

「全然立場が違うじゃない!」

大規模なパーティー自体は秘書時代に何度も出席しているけれど、あくまでおまけとしてだ。今日開かれるのは東吾と真人さんの役員就任の祝賀パーティーで、そこに私は、東吾の婚約者として出席する。婚約者として大勢の前に紹介されるのは今回が初めてで、しかもホスト側。今までとは何もかもが違っていて、これで落ち着けと言われるほうが無理だ。

「ねえ、変じゃないかな?　ちょっと派手じゃない?」

服を選んだのもヘアメイクを施してくれたのも、上條家で長年働いているという美恵子夫人付きの女中さんで、一番この場に相応しく仕上げてくれているはずだけど、鏡を見ているとなんだか不安になってくる。

「あー、大丈夫大丈夫。綺麗綺麗、似合ってる似合ってる」

どうして二回繰り返されるだけで、こんなにも嘘くさく聞こえるんだろう。

「東吾の奥さんに相応しくないって言われたらどうするの？」

「誰もそんなこと言わないだろ」

東吾の返事はそっけなくて、もうちょっと私の気持ちをわかってくれてもいいんじゃないかな、と不満に思う。

「雅さんのことも知ってる人ばっかりなんでしょ？　やっぱり雅さんのほうがよかったって思われるかも……」

「思われないって。……多分」

そこはしっかり否定してよ！

さすがに落ち着きがなさすぎる自信があるので、とりあえず東吾の隣に座ることにする。勢いよく腰を下ろそうとして、はたと思い返してしずしずと座り直した。

——あなたの所作は、汚いとは言いませんが少し荒すぎます。言葉づかいも、普段からもう少し丁寧に。

美恵子夫人の冷静な目がどこかから監視しているような気がして、思わず部屋の隅を確認してしまった。

ふたりで婚約の挨拶をしに行った日。東吾から美恵子夫人の謝罪の言葉は聞いていたけれど、改めて本人からも直接謝られて、驚くよりも恐れ多かった。東吾との間に流れる空気も、まだ和やかとは言えないまでも以前とは確実に違っていて、本当に仲直りしたんだなあ、と感慨深い気持ちになった。あらかたの事情は私も東吾から教えてもらっていて、これからは家族として、少しでも理解し合えるように向き合っていきたいと思う。

私を東吾の奥さんとして歓迎する、と言った美恵子夫人は、『ただし』とその気品漂う声で告げた。

――上條家の嫁となるからには、それ相応の振る舞いを身に付けていただきます。それまでは、結婚の話を進めることは認めません。

その言葉を受けて、美恵子夫人の後ろに控えていた三人の女中さんが、一斉に私に向かって頭を下げた。『どうぞよろしくお願いします』という三人揃った挨拶の声に、ひきつった顔で『こちらこそ』と答える。隣に座る東吾に助けを求めると、私より先に諦めて、遠い目をしてどこかを見ていた。

かくして、地獄の花嫁修業がスタートした。

私は派遣の仕事を一月いっぱいで辞め、二月の頭には東吾の家に引っ越していた。四月からは第二秘書として、第一秘書の神崎室長――もう室長ではないのだけど癖でそう呼んでしまう――とともに東吾のサポートをすることに決まった。結婚式のことも考えなきゃならないし、四月からはきっと忙しいだろうから、それまではちょっとのんびり東吾と過ごそう……なんて考えは甘かった。

上條本邸に日参し、立ち居振る舞いから会話の仕方、お茶やお花や着付けまで、徹底的に叩き込まれる。礼儀作法は秘書になるために猛勉強したので少しは自信があったのに、そんなものは三人の徹底指導を前に、もろくも崩れ去った。

東吾は東吾で副社長就任のための準備に忙しくて、なかなか話す時間も取れない。そんな中、私を支えてくれたのは、主に三人の人物だった。

茉奈ちゃんには、東吾の家に引っ越してきてすぐ、真っ先に会いに行った。私の姿を見るなり、シンデレラドリーム万歳と叫んで抱きついてきて、少し涙ぐむその笑顔につられて、私までうっかり泣きそうになった。東吾と付き合いだしてから、私の涙腺はどこかおかしい。

真木にはプロポーズされてからすぐに電話で報告した。電話の向こうの声はどこか得意げで、『だから言っただろー』と笑っていた。どうやら、東吾から私を迎えに行くと、先に伝えられていたらしい。なぜ東吾が真木の気持ちを知っていたのか東吾本人に聞いてみたところ、気づかなかったお前のほうがおかしいと、真木と同じことを言われた。

真木を気軽に呼び出すのは気が引けたけど、当の本人から、もう吹っ切れたんだからそんなこと気にすんな、と言われたこともあり、このふたりは主にセットで私の愚痴聞き係として駆けつけてくれる。

雅さんは、東吾を通じて向こうから連絡してきた。どこから聞きつけてきたのか、『苦労なさってるんですってね』と面白がるような声に、怒りを覚えるどころかなんだか嬉しくなってしまった。雅さんからは美恵子夫人や女中の皆様とはまた違った目線で、社交界とはどんなものかをご教授いただいている。

そんなこんなで今日を迎えて、このパーティーは私にとって、修業の成果を美恵子夫人に見せるという大きな試練の場でもあるのだ。落ち着かないのは仕方ない。

やっぱりじっと座っていられなくて、また立ち上がろうとする私を東吾が止める。

「だから落ち着け」

「だって、失敗したらどうしよう」

今日の私を見て、美恵子夫人がやっぱり結婚は反対だなんて言いだしたら、私はどうすればいいのか。

そこにコンコン、と控えめに扉がノックされた。「そろそろお時間です」と告げる声に、一気に緊張が高まる。

ガッチガチに固まった私を見て、東吾が優しく言った。

「大丈夫だって。ずっと隣に俺がいるんだから」

その言葉に、ふーっと肩の力が抜けた。そうだよね、私はひとりで頑張るわけじゃない。隣には東吾がいて、ちゃんと見守ってくれている。

こくこく何回も頷く私を見て、東吾が笑いながら、耳元に顔を近づけた。

「俺が、唯一愛してる女なんだから。自信持てよ」

瞬時に血が上って、緊張が一気に吹き飛んだ。東吾はそんな私に小さくキスをして、立ち上がる。

「行くぞ」

差し出された手に自分の手を重ねて、私も立ち上がる。

しっかりと、手を繋いで。愛する人の隣で一緒に歩いていくための一歩を、踏み出した。

書き下ろし番外編

……里香。りーかー。

半分目覚めかけた意識の中で、私を呼ぶ声が聞こえる。私は幸せな微睡《まどろみ》の中にたゆたいながら、その声が近づいてくるのを待つ。

「何時だと思ってるんだよ。さすがにもう起きろ」

東吾の手が私を揺り起こそうとするのに抗って、布団に潜り込む。

「んー、もうちょっと」

「休みだからって寝すぎだろ」

「だって眠いんだもん。昨日寝かせてくれなかったのはどこの誰？」

そう言うと、私から布団を引き剥がそうとしていた東吾の手が止まった。

「俺が悪いって？」

「そうは言ってない。でももうちょっと寝かせてほしいなあ、って」

布団の端から目だけ出して甘えるようにお願いすると、東吾が無言で見下ろしてきて、それからにっ、と何かを思いついたように笑った。

「じゃあ、寝かせてやれなかったお詫びに、気持ちよく目覚めさせてやるよ」

そう言うなり布団の上から私にのしかかってきて、いきなり首筋に顔を埋めようとするのを、両手で押しとどめる。

「そういうこと言ってるんじゃないしっ」

「誘ってきたのお前だろ」

「誘った覚えありません！」

東吾は笑いながら身体を起こして立ち上がる。

「じゃあ、とっとと起きろ。いい天気だし、布団干したいんだよ」

「はあい……」

私よりもよほど主婦力の高い発言に、文句を言う余地はなかった。本来は私が先に起きて旦那様を起こすべきなんだろうけど、休みの日は東吾が先に起きて私を叩き起こすスタイルが完全に定着してしまっている。

布団の中から名残惜しく這い出ると、手早く着替えて洗面所に向かう。キッチンからはトーストが焼ける匂いと香ばしいコーヒーの匂いがいい感じに混ざって漂ってきて、寝起きの胃を刺激した。洗面所ではすでに洗濯機が回っていて、東吾の手際のよさに改めて感心すると同時に、私の妻としての至らなさにちょっとだけへこむ。……

まあ、寝るのが遅くなったのは東吾のせいだっていうのは本当だし、いっか。

洗顔を終えてリビングに入ると、朝食をダイニングテーブルにセットし終えた東吾が振り向いて、「おはよう」と微笑んだ。そのリラックスした笑顔は家にいる時にしか見られないもので、会社での東吾も知っている私は、いつもその笑顔を見ると嬉しくなる。

去年のクリスマスイブ、私と東吾は一年の婚約期間を経て入籍し、晴れて夫婦となった。

結婚式は、年が明けてからハワイで、親族と親しい友人だけで行った。

式をどうするかは、神前式と大規模な披露宴を当たり前のように考えていた美恵子さんと、できれば海外でこじんまりと挙げたかった私の意見が真っ向からぶつかって、しばらく揉めた。上條のような家に嫁ぐのにこじんまりなんて無理な話なのかな、と諦めかけたけど、最終的に、主役は里香さんなんだから、という真人さんの取りなしと、ふたりの結婚式なんだからふたりに決めさせろ、というお義父《とう》さんの鶴のひと声のおかげで、私が勝った形だ。

その代わり、帰国してから開いた、お偉い人たちをわんさか招いた結婚報告のパーティーは、完全に美恵子さん主導のもと行われた。美恵子さんの厳しい目に耐えながら、ひきつりそうになる笑顔で必死に頑張った私は、最後は燃えカスのようになり、そのあと一週間は使い物にならなかった。

そんな感じで上條家の人々ともいい関係が築けている、と私は思っているし、東吾との新婚生活はもちろん順調だ。入籍から半年、季節は梅雨も終わりに近づき、そろそろ夏の気配を見せ始めている。

ふわあ、とあくびをしながら椅子に座った私に、コーヒーのカップを手渡しながら、東吾が呆れた声をあげる。

「お前、最近特に、寝起きが悪くないか？」

「なんかやたら眠いんだよね」

春眠暁を覚えずの春ならいざ知らず、夏前にもなってこの体《てい》たらくはまずい、と自分でも思ってはいるんだけど、眠いものは眠い。仕方ない。

のんびり朝食をとって、手分けして家事を済ませる。私が掃除をする間、東吾は食器を片付けて、洗濯物と布団を干す。副社長として忙しいはずの東吾は、それでもできるだけ家事を手伝ってくれて、ふたり同時に休みが取れた日はこうやって一緒になって家の中を整えることから一日が始まる。

「ほんとにいいお天気だね」

掃除機をかけ終えてベランダに出ると、東吾もちょうど布団を干し終えていた。ふたり並んで、太陽を反射してキラキラ光る川面を眺める。

「久しぶりに車で遠出でもするか」

東吾の提案に私はすぐに賛成した。休みの日でも結局家でのんびりするか、外出するとしても映画か買い物くらいが多いので、ドライブに行くのは本当に久しぶりだ。

出掛ける準備をして、駐車場へと向かう。東吾の車はとても乗り心地がよくて、車に詳しい女の子なら喜ぶんだろうけど、全然興味がない私は名前を聞いてもさっぱりわからなかった。ロゴマークを見て、『フォーク？』と言った私に、東吾が『槍だよ』と脱力していた。

私がシートベルトをするのを見守ってから、東吾がゆっくりと車を発進させる。普段は誰かの運転する車に乗ることが多い東吾だけど、運転自体は嫌いじゃないらしい。

「どこに行くの？」

運転席の東吾に尋ねると、一度言いかけて、でもすぐ笑って答えるのをやめた。

「内緒。着いてからのお楽しみ」

「えー。ケチ」

そうやって言い合いながら、運転する東吾の姿を助手席から見るのが大好きだ。滅多に見られない姿だし、真剣な横顔も、ハンドルを握る手もかっこよくて、いつも見惚れてしまう。

今日もいつの間にか無言になってじっと見つめてしまっていて、苦笑した東吾が前を向いたまま手を伸ばして、私の頭を軽く小突いた。

「見すぎ」

「だって」

かっこいいんだもん、とはさすがに口に出せずに、心の中にしまい込む。

季節を経るごとに、東吾はどんどん輝きを増していく。出会った頃から姿形が大きく変わったわけではないけれど、経験を積み重ねてきたことによる自信が内面から滲み出て、あの時よりももっと深みが増した気がする。こんな人が本当に自分の旦那様でいいんだろうかと、たまに不安になるくらい。

車は高速に入り、どんどん北上しているようだった。流れるように移り変わっていく景色を見ながら、次第に瞼が重くなってきた。そんな私の様子を横目で見ながら、「寝ててもいいぞ」と東吾は言ってくれたけど、せっかくのドライブで寝るなんてもったいないことできない。なんとか眠気を吹き飛ばそうと会話を続けようとするけれど、その努力も虚しく、気づけばふっと意識が途切れていて……。

結局、東吾に優しく揺り起こされるまで、ぐっすりと寝入ってしまっていた。

「里香。着いたぞ」

はっと目を開けると、そこはもう全く見覚えのない場所だった。

「ごめん、寝ちゃってた」

「いいよ。眠いのは俺のせいなんだろ？」

謝る私に東吾は笑ってそう言ったけど、やっぱり申し訳なかった。いつもは助手席で眠くなることなんて滅多にないのにな。

東吾に促されて、車を降りる。少し歩くとすぐに、お寺の山門が見えてきて、どうやらそこが目的地のようだった。

「あんまり有名じゃないけど、遅咲きのアジサイがたくさんあって、今くらいがちょうど見頃なんだと。真木が教えてくれたんだ」

「真木？」

「そう。あいつこの辺の出身だから」

東吾と真木は、東吾が上條製薬に移ってから、急速に仲良くなっていた。元々気が合っていたのが、仕事上で直接関わらなくなったせいか真木の遠慮がなくなって、今ではふたりでちょくちょく飲みに行っている。会社が違うとはいえ同じグループの副社長と、ただの友人として付き合えるとは、豪胆なのかただの恐れ知らずなのか、私には判断がつかない。まあ、ふたりとも楽しそうだからいいんだけど。

ちなみに、真木はもう完全に、私のことは友人としか思っていないようだった。東吾の予想では、絶対に彼女がいる、という読みらしいんだけど、本人はフリーだと言い張っている。

境内に足を踏み入れた瞬間、色鮮やかなアジサイたちが道を埋め尽くすようにこんもりと咲き誇って、私たちを出迎えてくれた。定番の紫に、ピンクや白、同じ色でも色の濃いものや薄いもの。花びらの形も丸っこいものから尖ったものまでいろいろで、それが一堂に会して競演していた。

あまり有名じゃない、の言葉通り、訪れている人も少なかった。その分誰にも邪魔されることなく、じっくり鑑賞できる。綺麗だね、と言い合いながら、ふたりで手を繋いで、ゆっくりと境内を歩いて回った。私の背丈くらいまで高く育った枝もたくさんあって、まるでアジサイの海の中を歩いているような気持ちになる。

小さなお寺は境内も狭くて、ゆっくり歩いていてもさほど時間もかからずに一周してしまった。それでも心は確実に和んでいて、来てよかったな、と素直に思える。

「連れてきてくれてありがと、東吾」

「うん」

隣で目を細めてアジサイに見入っている東吾も満足そうだった。とても素敵な休日の過ごし方。

そろそろお腹も空いてきたので、近くでお昼ご飯を食べてから帰ろうかと話しながら山門へ向かって歩いていると、向こうからも手を繋いだカップルがひと組、歩いてくるのが見えた。何げなくそちらを見て、その顔を認識して、思わず固まる。どうしたのかと驚いてつられるようにそちらを見た東吾もまた、私と同じように固まった。

動きを止めた私たちに今度はそのカップルの女性のほうが気づいて、あら、と首を傾げた。まだ気づいていなかった男性に耳打ちをして、その男性がこちらを見るなり逃げ出そうと後ろを向くのを笑顔で捕まえて、引っ張ってくる。

「ごきげんよう。こんなところで会うなんて、偶然ね」

その女性はどう見ても雅さんで、隣で項垂れているのは、どう見ても真木だった。

「こんにちは……」

驚きすぎて挨拶の言葉しか出てこず、ひたすらふたりの顔を見比べる私をおかしそうに見て、雅さんが真木の腕に自分の腕を絡める。それから無言で、でも最強に可愛い上目遣いで真木の目を覗き込むと、真木は観念したように口を開いた。

「……よう」

そのひと言だけで真木が口を閉じると、雅さんは笑顔のまま、絡めた腕に力を込めたようだった。

「わかった、わかったって」

真木が慌てたようにそう言って、気まずそうにこちらを見る。

「付き合ってます、俺たち」

ふたりで仲良く腕を絡めている時点で疑いようはないんだけど、それでも俄かには信じられなかった。東吾もめちゃくちゃ驚いているようで、珍しくぽかんとしている。

「いつから？」

「えっと……一か月前？」

雅さんがまた力を込めたようで、真木が慌てた。

「なんだよ、正式にはそうだろ」

「まあ、正式には、そうですわね」

なんなんだ、その意味深な会話は。問い質したかったけどなんだか知るのが怖いような気もして、大人しく口を噤《つぐ》んだ。

真木を可愛く睨んでいた雅さんは、私たちのほうへ向き直ると、にっこりと笑う。

「まだ誰にもお話ししてませんの。くれぐれもご内密に、ね？」

「もちろん誰にも言いません」

東吾が妙に力強くそう答えた。私も隣で何度も頷く。雅さんの言うことに逆らうなんて、そんな怖いことするわけない。

「では」と笑顔のまま私たちに頭を下げた雅さんと、「じゃあ」と半分不貞腐れた顔で雅さんに引きずられていく真木の後ろ姿を見送って、東吾とふたり、顔を合わせる。

お互い無言で見合うこと、数秒。

「……帰ろうか」

「そうだね」

とりあえず今見たことは、胸の中にしまっておくことにした。

それから近くのレストランで食事をして、帰路につく。驚きの光景を見てしまった興奮のせいか、帰りは眠くならず、ドライブを楽しむことができた。

陽が落ちる前に家に着いて、布団や洗濯物を取り込んでちょっとひと息ついてから、冷蔵庫にあるもので簡単に夕食の準備をする。並んでキッチンに立ちながら、話題はどうしてもあのふたりのことになる。

「東吾、全然知らなかったの？」

真木とは、今や私よりも東吾のほうが圧倒的に親しい。鶏肉とキノコと玉葱を炒めながらそう聞くと、サラダ用のトマトを切っていた東吾はすぐに頷く。

「誰かいるな、とは思ってたけど。まさか雅さんだなんて、想像できると思うか？」

まあ無理だな、と私も同意した。

「お前こそ、たまに雅さんとお茶してるんだろ。何も聞いてなかったのか？」

「全然。全く」

あのふたりの接点なんて、それこそ私か東吾しか思いつかないけど、ふたりとも紹介した覚えもなければ、話に出したこともほとんどない。一体どうやって知り合うことになったんだろうか。

「真木と雅さんかあ」

なんだか感慨深くなってしまってしみじみと呟くと、サラダを盛りつけ終わった東吾が包丁とまな板を洗いながら、ちらりと横目で私を見た。

「もしかして、ちょっと複雑？」

「ん？」

「自分のことをずっと好きだった男が、違う女と付き合うって」

複雑、という言葉は違う気がする。単純に付き合い始めた経緯は気になるけど、真木には早くいい相手を見つけてほしいと思っていたし、雅さんなら、まあちょっと変わってるけど、一度付き合った相手ならとことん大事にしてくれそうな気がするし。

「素直に幸せになってほしいなって思うよ」

「ふーん」

本当のことを言ったのに、東吾はなんだか不満そうだった。

「今だから聞くけど。俺と別れてた間、一回くらい、真木と付き合おうと思ったことはなかったのか?」

「んー……ない、とは言わないけど」

真木と付き合ったら楽だろうな、とは何回も思ったけど、結局できなかった。やっぱり東吾のことが好きだったから。

「ふーん」

東吾はまた面白くなさそうに相槌を打った。缶詰のデミグラスソースをフライパンに投入しながら窺い見ると、その横顔は、なんだかご機嫌斜めの子供みたいだった。

「もしかして、嫉妬してるの?」

一応、あの一年間は真木とはライバル同士、って意識があったのだろうか。それでも最終的には自分が勝ったというのに、何を言いだすんだか、と内心ちょっと呆れてしまう。

すでに自分の作業を終えて私が料理する様子を隣から見ていた東吾が、その言葉を聞いてむっとした表情になり、後ろから抱きついてきた。

「俺は一度捨てられてるからな」

う……。それを言われると弱い。

私が別れを告げた時、東吾はやはりそれなりに落ち込んだらしかった。結婚する時、もういなくならないでくださいね、と松原さんに冗談交じりで念を押された。

「ごめんって。もう絶対、いなくなったりしないから」

「当たり前だ。離れるなんて許さないからな」

胸の前で交差した手の力が強まって、東吾が甘えるように頬をすり寄せてきた。

こめかみに唇が触れて、それが少しくすぐったかった。笑いだした私を見て、わざとらしく何度も、同じ場所に音を立てて口づける。そのまま唇が下りていって、頬に触れてから、東吾の手が私の顔をそっと自分のほうに向けた。

軽く唇が合わさって、すぐに離れる。

「もし離れていっても、また連れ戻しに行くから」

間近で目を合わせながら、東吾がそう囁いた。

「ん。……ちゃんと捕まえてて」

今度は私から、触れるだけのキスをする。東吾は小さく笑って、すぐにキスを返してきた。そのままキスが深まっていく予感がして、軽く手をつねる。

「なんで？」

「まだ料理の途中です」

「もうほとんどできてるだろ」

つねられて憮然とした東吾が勝手にＩＨのスイッチを止めて、今度は私の腕を引っ張って身体ごと自分のほうを向かせると、こつんとおでこをぶつけてきた。

「夕食にはまだ早い。せっかくの休みをちゃんと堪能しませんか、奥さん？」

「私としては昨日の夜、充分堪能したんですが」

「いやいや、あれじゃ全然足りないでしょう」

私の抗議をさらっとかわして、唇を近づけてくる。結局流されちゃうんだよなあ、と思いつつ、どこかで期待している気持ちもあって、私は早々に観念して、その唇を受け入れるべく目を閉じた。


社員食堂でひとりご飯を食べていると、「ここ、よろしいですか？」と声をかけられた。顔を上げると、お盆を持った神崎室長……もとい、神崎さんが立っていた。

「それ、そんなにまずいんですか？　さっきから睨みつけてますけど」

向かいの椅子に座りながら、私の目の前に置かれたカレーを指さす。

「私、睨んでました？」

「少なくとも美味しそうに食べてるようには見えませんね」

言われた通り、少し口をつけただけで食べる気がなくなってしまって、手が止まっていた。美味しくないわけじゃないんだけど、なんとなく食欲がわかないのだ。ここのカレー、大好物なはずなんだけどな。

上條製薬の社食は、人の健康を創り出すにはまず自分の健康から、をモットーに、ヘルシーなメニューを豊富に揃えていて、味も美味しいと評判だ。ここで働き始めてから、私もよくお世話になっている。ちなみに、以前は役員専用食堂なんてものがあったそうだけど、真人さんが社長になった時に真っ先に廃止して、特に社外での用事がなければ真人さんも東吾も普通にここを使っている。ご飯を食べながら社員と話し合っている光景も珍しくない。

「神崎さんは副社長と外出だったんじゃ？」

「先方の都合でキャンセルになりました。副社長は早めに終わらせたい仕事があるそうで、部屋に戻りましたよ」

神崎室長を神崎さん、と呼べるまで、一年かかってしまった。一般的な秘書業務はほとんど私がしていて、神崎さんは折衝を行ったり会議に出たりと、東吾の仕事を直接的に手伝っている。おそらく将来的には経営陣に名を連ねることになるんだろう。

しばらくふたりで話しながらカレーと格闘したけれど、やっぱりほとんど食べられなかった。ここ数日、やたら眠いのに加えて、体調もあまりよくない。東吾に早く病院に行け、と言われたけど、なんとなくだるいだけでお医者さんに診てもらうのも気が引けた。暑くなってきたし、気の早い夏バテだろうか。

結局カレーは諦めて、ひと足先に席を立った。東吾はまだお昼を食べていないようだし、もし必要なら買いに行こうかな、と思い立つ。サンドイッチくらいなら私も食べられるかもしれないし。

一応確認してからにしよう、と思って役員フロアに向かうけど、歩いているうちにだんだんと気分が悪くなってきた。空腹なのに胃がもたれているような、不思議な気持ち悪さが襲ってくる。廊下の途中で、歩くのも覚束なくなって、壁際に寄って手をついた。なんだか目の前が白い、あれ、これはもしかしたらまずいかも……。

「里香⁉」

後ろから東吾の声が聞こえたような気がしたけど、その姿を確認することができないまま、私は意識を失っていた。

目を開けたらそこには、真っ白な天井が広がっていた。

「……どこ?」

身体を起こすとまだ少しふらっとした。いつの間にかベッドに寝かされていて、周りはカーテンで仕切られている。

「あ、気づきました?」

私が起き上がったのが気配でわかったのか、白衣姿の若い女性がカーテンを開けて顔を出した。

「ここ、医務室ですよ。廊下で倒れちゃったんですって」

ああ、そういえば医務室なんてものもあったんだっけなあ。三星にはなかったし、普段お世話にならないから、存在そのものを忘れていた。

「気分はどうですか?」

「おかげさまで、だいぶ落ち着きました」

「ならよかった。起きたらすぐに連絡するように、って副社長に厳命されているんですよ」

保健師さんであろうその人は、おそらく相手は東吾だろう、どこかに電話をかけてから、小さな機械を手に戻ってきた。一応、とその機械で血圧を測りながら、はしゃいだ様子で話しだす。

「副社長がお姫様抱っこして、血相変えて運び込んできたんですよぉ。それがまるで王子様みたいで！　ああいいなあ、あんなかっこいい人に大事にしてもらえて」

いいなあ、いいなあ、と何度も言われても、はあ、としか返しようがない。血圧は正常だったらしく、「問題ないですよー」と腕に巻いていた機械を外しだした。

と、そこに、乱暴にドアを開けて東吾が入ってきて、私の顔を見るなり怒鳴った。

「とっとと病院行けって言っただろうが‼」

耳を塞いだ私の隣で保健師さんが目を丸くしている。

ごめん、夢を壊して。王子様の正体はこんな感じです……。

「俺が偶然通りかかったからいいものの、下手したら頭打ってたぞ！　大体なあ」

「副社長、ちょっと落ち着いて。相手は病人ですよー」

我に返った保健師さんが怒り続ける東吾をなだめてくれた。心配するのもわかるけどほどほどに、と言い置いて、席を外してふたりきりにしてくれる。

東吾はため息をつくと、ベッドの端に腰かけた。

「ごめんなさい」

私が大人しく謝ると、東吾の手が伸びてきて、そっと頭を撫でる。

「心配させるな」

その声も手の動きも東吾の気持ちを反映するように優しくて、その動きを目を閉じて感じながら、改めて反省した。

「東吾の言う通り、早く病院に行っておけばよかったね」

ただの夏バテでもなめてちゃいけなかった。とりあえず食べられないのは問題だし、胃薬でも処方してもらって……。

「なあ」

髪を撫でる手の動きが止まって、束の間沈黙が降りる。目を開けると、こちらをじっと見ながら何かを考えている東吾と目が合った。「何?」と促すと、なんだか言いにくそうに、東吾が口を開いた。

「お前、前の生理、いつだった?」

「へ?」

想定外の質問に、気の抜けた声が出る。

前の生理？　なんでそんなこと聞くんだろう。前って、確か先月……あれ？　ちゃんと思い返してみると、そういえば遅れている。忙しかったら簡単にずれたりするので、なんにも気にしていなかったけど。

「……え？」

まさか、と思いつつ、自分の下腹部に目をやる。東吾も同じように、私のお腹に視線を移した。

「やたら眠い眠い言ってるし、食欲もなさそうだし。もしかしたら、って思ってたんだけど」

そっと手を当ててみる。まだなんにも、変化なんてわからないけれど。

もしかして……。

「今日はこのまま早退して、病院に行ってくれ。頼む」

東吾の真剣な声に、私は戸惑いながらも、頷いた。

東吾に言われた通り、すぐに病院へ行った。ふわふわした気持ちのまま家に帰って、とにかく夕食の用意だけして、東吾の帰りを待つ。

東吾はいつもよりも随分早く帰ってきた。

「お帰り。早かったね」

「お前連絡してこないし、気になって何も手につかなかったんだよ。神崎に早く帰れって追い出された」

そう言って、出迎えた私を玄関先で靴も脱がないまま、少し緊張した面持ちで見つめた。

「……どうだった?」

そんな東吾の手を引っ張って、そっと自分のお腹に当てた。

「今、六週目だって」

東吾は無言で、その手と私のお腹を見ていた。それでも、徐々に顔中に広がっていく満面の笑みに、どう思っているのかはすぐにわかった。

「私たちの赤ちゃんだよ、東吾」

私がそう言うやいなや、東吾が私を力いっぱい抱きしめた。


夕食を済ませて、リビングのソファに並んで座ると、今日もらってきたエコー写真を差し出した。といってもまだ人間の形にはなってなくて、ただの影にすぎなかったけど、東吾は嬉しそうに眺めていた。

「この辺に心臓があるらしいんだけど。ピコピコ動いてたよ」

エコーを見せてもらった時の感動は、きっと一生忘れないだろう。妊娠してますよ、と口で伝えられても正直ピンとこなかったけど、映像で実際に動いているのを見ると、ここにひとつの生命が宿ってるんだな、と実感できて、嬉しいのと同時に敬虔な気持ちになった。

東吾が今度は自分から私のお腹に手を当てて、呟く。

「ここにいるんだよな」

私も、その上に自分の手を重ねる。

「うん」

東吾がその手の上にさらにもう片方の手を重ねて、ぎゅっと握った。

「俺、もっと頑張るから。お前も子供も、絶対幸せにしてみせる」

そう言って真剣な眼差しで私を見る。その眼差しを受け止めて、私は微笑んだ。

「東吾がひとりで頑張るんじゃないよ。ふたりで、この子を幸せにしてあげよう」

プロポーズの時に、東吾がくれた言葉。この先、何があったって、きっとふたりなら乗り越えていける。

この何よりも愛おしい存在を、ふたりで守っていこう。

どちらからともなく抱き合って、笑い合う。

——ねえ、男の子と女の子、どっちがいい?

——どっちでもいいけど、男だったら一緒に野球したいな。いっそのこと、九人作って野球チームでも作るか。

——それは無理でしょ。でも、にぎやかな家族にしたいね。きっと、そのうち……。

END

あとがき

この度は、数ある本の中からこの本を手に取っていただき、ありがとうございます。どなた様も、初めまして。綾瀬真雪と申します。この本が私の初めての本になります。東吾と里香の恋物語、楽しんでいただけましたでしょうか？

このお話、実は病院のベッドの上で生まれたものだったりします。健診で異常値を指摘され、気軽に病院を受診したらあろうことか即入院、安静を言い渡されました。自分では元気なつもりなのに動けないのは辛かった。だけど、その間は上げ膳据え膳、有り余る時間を好きに使えるという、ある意味贅沢な環境でした。そんな中で書き上げた作品が、ありがたくも書籍化していただけることになり、禍福は糾える縄の如し、という言葉を身をもって実感した次第でございます。（今はすっかり元気です！）

今回、書籍化にあたり、ラストの展開を大幅に変えました。ほぼ三分の一を書き直していて、編集の日程がタイトだったこともあり、なんでこの大幅改稿を選んだんだと何度も自分に毒づきながらの作業でした。それでも、書き直したことにより、前のままでは回収しきれていなかった部分を伝えることができたので、結果的により納得のいくものに仕上がりました。元の展開も自分的には気に入っていて、サイトに改稿前の文章が置いてありますので、ご興味がありましたら読み比べてみてください。ちなみに書籍購入特典として、残念王子と風変りお嬢さまのなれそめ話をSSとは言えないボリュームでお届けしますので、こちらもぜひ、あわせてお楽しみください。

あとがきといえばこれでしょう、ということで、最後に謝辞を。

この話を優秀賞に選んでくださったベリーズカフェ編集部様。素敵なカバーを描いてくださった夜咲こん様。初めての書籍化作業、慣れない私にたくさんアドバイスしてくださった担当様。自分の書いた本が書店に並ぶという夢を叶えてくださって、本当にありがとうございます。

入院中から迷惑の掛け通しだった家族。好きにやらせてくれてありがとう、感謝してます。これからも迷惑を掛け続ける予定なので、覚悟しといてね。

そして、この物語に出会ってくださった皆様。皆様がいるからこそ、この本が出来上がりました。

願わくは、この物語が少しでも、皆様の心に残るものでありますように。

綾瀬《あやせ》真雪《まゆき》

綾瀬真雪先生への
ファンレターのあて先

〒104-0031
東京都中央区京橋1-3-1
八重洲口大栄ビル7F
スターツ出版株式会社　書籍編集部　気付

綾瀬真雪先生

本書へのご意見をお聞かせください

お買い上げいただき、ありがとうございます。
今後の編集の参考にさせていただきますので、
アンケートにお答えいただければ幸いです。

下記URLまたはQRコードから
アンケートページへお入りください。
https://www.berrys-cafe.jp/static/etc/bb

最愛宣言
～クールな社長はウブな秘書を愛しすぎている～

2019年5月10日　初版第1刷発行

著　者　綾瀬真雪
©Mayuki Ayase 2019
発行人　松島 滋
デザイン　カバー：hive & co.,ltd.
校　正　株式会社　文字工房燦光
編　集　加藤ゆりの　伴野典子　三好技知（すべて説話社）
発行所　スターツ出版株式会社
〒104-0031
東京都中央区京橋1-3-1　八重洲口大栄ビル7F
TEL　出版マーケティンググループ　03-6202-0386
（ご注文等に関するお問い合わせ）
URL　https://starts-pub.jp/
印刷所　大日本印刷株式会社

Printed in Japan

ISBN 978-4-8137-0676-2　C0193

ベリーズ文庫　2019年5月発売

『エリート副操縦士と愛され独占契約』　水守《みずもり》恵《え》蓮《れん》・著

航空会社で働く理華は男運ゼロ。元カレに付きまとわれているところを、同期のイケメン副操縦士・水無瀬に見られてしまう。すると「俺が男の基準を作ってやる」と言って彼が理華の恋人役に立候補。そのまま有無を言わさず自分の家に連れ帰った水無瀬は、まるで本物の恋人のように理華を甘やかす毎日で…。

ISBN 978-4-8137-0675-5／定価：本体640円＋税

『最愛宣言～クールな社長はウブな秘書を愛しすぎている～』　綾瀬《あやせ》真雪《まゆき》・著

秘書室勤めのOL・里香は、冷酷で有名なイケメン社長・東吾の秘書に任命される。仕事が抜群にデキる彼は、里香を頼らず全て自分でこなしてしまうが、ある日過労で倒れてしまう。里香が看病していると、クールな彼が豹変！　突然膝枕をさせられ「俺のそばから離れるな」と熱い眼差しで見つめられ…!?　焦れ恋オフィスラブ！

ISBN 978-4-8137-0676-2／定価：本体640円＋税

『溺愛ドクターは恋情を止められない』　佐倉《さくら》伊織《いおり》・著

病院の受付で働く都は、恋愛とは無縁の日々。ある日、目の前で患者を看取り落ち込んでいるところを、心臓外科で将来を約束された優秀な研修医・高原に励まされ、2人の距離は急接近。「お前を縛り付けたい。俺のことしか見えないように」──紳士な態度から豹変、独占欲を見せつけられ、もう陥落寸前で…!?

ISBN 978-4-8137-0677-9／定価：本体650円＋税

『極上御曹司に求愛されています』　惣領莉《そうりょうり》沙《さ》・著

恋に憶病なOLの芹花は、ひょんなことから財閥御曹司・悠生と恋人のフリをしてラブラブ写真を撮る間柄になる。次第に彼に惹かれていく芹花だが、彼とは住む世界が違うと気持ちを封じ込めようとする。それなのに、事あるごとに甘い言葉で迫ってくる彼に、トキメキが止まらなくなっていき…。

ISBN 978-4-8137-0678-6／定価：本体630円＋税

『ひざまずいて、愛を乞え～御曹司の一途な愛執～』　あさぎ千《ち》夜《よ》春《はる》・著

百貨店勤務の葵は、元婚約者で大手飲料メーカーの御曹司・蒼佑と偶然再会する。8年前、一方的に婚約破棄し音信不通になった蒼佑だが、再会したその日に「愛してる」と言って、いきなり葵を抱きしめキス！　婚約破棄が彼の意思ではなかった事実を告げられ、ふたりの愛は再燃して……!?

ISBN 978-4-8137-0679-3／定価：本体640円＋税

タイトル、価格等は変更になることがございますのでご了承ください。

ベリーズ文庫 2019年5月発売

『冷徹騎士団長は新妻への独占欲を隠せない』 黒《くろ》乃《の》 梓《あずさ》・著

とある事情で幽閉されていたところを、王国の騎士団に救出された少女ライラ。しかし彼女を狙う者はまだ多く、身を守るため、国王の命令で堅物な騎士団長スヴェンと偽装結婚をすることに。無愛想ながらも常に彼女を守り、しかも時に甘い独占欲を見せてくる彼に、ライラは戸惑いつつも籠絡されていき…!?

ISBN 978-4-8137-0680-9／定価：本体650円＋税

『懲らしめて差し上げますっ！～じゃじゃ馬王女の下克上日記～』 藍《あい》里《さと》まめ・著

お転婆な王女・ラナは、兄であるポンコツ王太子の浪費癖に国の未来を危惧し、自分が王になることを決意。だけど、それは法律上不可能。法律を変えるため父王から出された条件は、国にはびこる悪を成敗すること。身分を隠し旅に出たラナは愉快な仲間と共に、片っ端から華麗な『ざまぁ』をおみまいしていき…！

ISBN 978-4-8137-0681-6／定価：本体620円＋税

『ブラック研究所からドロップアウトしたら異世界で男装薬師になりました』 佐《さ》藤《とう》三《あた》・著

薬剤師を目指して大学院に通うリナは、車に轢かれ短い人生の幕を閉じる。しかし…異世界転生して２度目の人生がスタート!?転生先では女性が薬師になることは許されないため、男装して研究に没頭するリナ。しかしある日、木から落ちたところを王太子・ミカエルに抱きとめられ、男装がバレてしまい!?

ISBN 978-4-8137-0682-3／定価：本体640円＋税

ベリーズ文庫 2019年6月発売予定

Now Printing

『純真すぎる新妻は素敵すぎる旦那様に嫌われたくて仕方ない。』　きたみまゆ・著

老舗旅館の一人娘・鈴花は、旅館の経営状況が悪化し資金援助をしてもらうため御曹司・一樹と契約結婚をする。ところが、愛のない結婚をしたくなかった鈴花は離婚を決意。夫から離婚を切り出してもらおうと、一生懸命かわいい嫌がらせを仕掛けるも、まさかの逆効果。彼の溺愛本能を刺激してしまい…!?

ISBN 978-4-8137-0694-6／予価600円＋税

Now Printing

『四六時中、不敵なる新社長のお気に召すまま』　葉月《はづき》りゅう・著

仕事ひと筋だった麗は、恋人にフラれ傷心。落ち込んでいるところを同僚のイケメン・雪成に慰められて元気を取り戻すも、彼は退職してしまった。その後、会社が買収されることになり、現れた新社長は…なんと雪成!?　麗はいきなり彼専属の秘書に抜擢され、プライベートの世話もアリの甘い毎日が始まり…！

ISBN 978-4-8137-0695-3／予価600円＋税

Now Printing

『絶対俺の嫁にするから。―強引なカレの完全なる包囲網―』　田崎《たさき》くるみ・著

建築会社の令嬢・麻衣子は不動産会社の御曹司でプレイボーイと噂される岳人と見合いをする。愛のない結婚などあり得ないと拒否したものの、岳人は「絶対、俺と結婚してもらう」と宣言。さらに彼のマンションで同居することに！「本当に麻衣子は可愛いな」と力強く抱きしめられ、甘いキスを落とされて…。

ISBN 978-4-8137-0696-0／予価600円＋税

Now Printing

『てのひらに砂糖菓子』　砂原雑音《すなはらのいず》・著

老舗和菓子店の令嬢・藍は、お店の存続のため大手製菓の御曹司・葛城との政略結婚をもちかけられる。恋愛期間ゼロの結婚なんて絶対にお断りだと思っていたのに――「今日から君は俺のものだ」と突然葛城に迫られ、強引に甘い同居生活がスタート!?　色気たっぷりに翻弄され、藍はタジタジで…。

ISBN 978-4-8137-0697-7／予価600円＋税

Now Printing

『御曹司はジュリエットを可愛がりたくてしかたがない』　真崎奈南《まさきなな》・著

令嬢の麻莉は、親が決めた結婚をしたくないと幼なじみで御曹司の遼にこぼすと、「俺と結婚すればいい」といきなりキス！　驚く麻莉だったが、一夜を共に。とことん甘やかしてくる遼に次第に惹かれていくも、やはり親を裏切れないと悩む麻莉。だけど「誰にも渡さない」と甘く愛を囁かれて…。

ISBN 978-4-8137-0698-4／予価600円＋税

タイトル、価格等は変更になることがございますのでご了承ください。

小説サイト
Berry's Cafeの人気作品がボイスドラマ化！
豪華声優陣が出演!!
溺愛ボイスドラマ×ベリーズ男子
俺様すぎる強引社長
CV:増田俊樹
『キミは許婚』
by 春奈真実
とことん溺甘！
グイグイ秘書室室長
CV:梅原裕一郎
『秘書室室長がグイグイ迫ってきます！』by 佐倉伊織
隠れドS!? 溺愛系御曹司
CV:石川界人
『副社長は溺愛御曹司』
by 西ナナヲ
1話はすべて完全無料！
App Store からダウンロード
Google Play で手に入れよう
アプリストアまたはウェブブラウザで
ベリーズ男子 検索
【全話購入特典】
・特別ボイスドラマ
・ベリーズカフェで読める書き下ろしアフターストーリー
最新情報は公式サイトをチェック！
※AppleおよびAppleロゴは米国その他の国で登録されたApple Inc.の商標です。App StoreはApple Inc.のサービスマークです。※Google PlayおよびGoogle Playロゴは、Google LLCの商標です。